ホームステイの受け入れ「ニホンの休日」

―熟年夫婦のおもてなし日記―

浅井 素子

ASAI Motoko

文芸社

はじめに

日本ブームである。マンガ、アニメ、スシ、スキヤキ、オモテナシはそのまま通用する。訪日観光客は二〇一六年には二千四百万人に達し、東京オリンピック・パラリンピックが開催される二〇二〇年には四千万を見込むという。クールジャパンと銘打って日本文化がもてはやされている。日本の和食は世界遺産になった。京都には世界各国から料理人が集まり修業に励んでいるという。

超高齢社会のニホン、熟年世代の私達はまだまだ元気である。若い頃に果たせなかった海外留学の夢を今かなえている人もいる。一方、老老介護の長い熟年期にさしかかっている人もいるが、ほとんどは平穏な日常を過ごしているようだ。子供達が巣立って行ったマイホームには空き部屋も多い。ならば熟年世代は今こそ、ホームステイという形でニホンを売りに出し、日常生活文化のシェア、異文化遭遇を楽しむ、というのはどうだろう。同世代の優秀な主婦をあおりたい気持ちになる。ホームステイで頼りになるのは「語学力」ではなく「暮らし力」なのだから。

十数年前二度にわたってホームステイさせてもらった、アメリカ人のアン&ピーター夫妻も大の日本好き、二〇一二年に二度目の日本旅行にやって来た。九州旅行の途上、我が家に滞在した日々を日記風に記した。英会話と格闘しながらも、そこは熟年主婦、主婦力でなんとかカバーし日本文化を楽しんでもらった。

子育て、退職、親の見送り、そして迎えた自分達の老後の日々、存分に遊びまわろうと思っていたのに、今度は夫の病気と老化のため、思いがけなく介護家庭という事態になってしまった。旅行もままならない、一人で自由に出かけられない。しかし家での時間と空間だけは豊かにある。今度はホームステイさせることで楽しもう、と会ったことのない子連れ一家四人のホームステイを引き受けた。短い滞在ながら、一世代若い家族の来訪に我々熟年夫婦がどう対応したか、この長寿時代の一例として知っていただけたら幸いである。

目次

Ⅱ　ブレイク

Ⅲ　ウベの休日　ホームステイさせる日記

Ⅰ　ニホンの休日（熟年主婦のおもてなし日記）

1　青い目のホームステイ客

二〇一二年、三月十三日、ピーターが最終の旅程をメールしてきた。

「三月二十九日、シアトルタコマ空港発、同日大阪関空着で私達の日本旅行は始まります。……新山口駅には四月六日、十三時四十六分着のぞみ号にて。……お会いするのを楽しみにしています」

同日アンもメールしてきた。

「やっと恒例の春のファッションショーが終わった。これから二週間、ショーで取った注文の服を作るのに忙しいけれど、ＯＮＳＥＮ（温泉）を楽しみにがんばるよ。あんたと二人切りで女同士の話をしようね」

私もすぐにメールを返した。

「我が家にいらっしゃるのを楽しみにしています。

例年より気温が低くて、昭和スタイルの我が家は寒いです。温かい湯田温泉で、ゆっくりお話ししましょうね」

　こうしてアン&ピーターがほんとうに我が家にホームステイすることになった。息子や娘さえせいぜい二泊三日の滞在なのに、外国人が六泊もして大丈夫なのか、自信がない。が自分がホームステイさせてもらったようにホームステイさせたらよいのだ、とすぐに得意技の開き直りをした。

　さてこのアンとピーターとは、に応えて彼等を紹介しよう。

　彼等と知り合ったのは二〇〇一年、私の息子ケイの結婚式でのこと。ケイの結婚相手のコバヤシ家のお友達として紹介された。彼等はシアトルタコマ市に住むアメリカ人で、初めて日本旅行にやってきていた。コバヤシさん一家とはアラスカ旅行中に気があって友達になったそうだ。気さくでカジュアルで英語はゆっくり一語一語はっきりしゃべってくれるし、日本文化をしっかり受け入れる態度が好ましい。

　その時アンは五十九歳、もと看護師、助産師、健康教育講師をしていたが、今はデザイナーとして自宅にアトリエを持ってビジネスにしている。ピーターは六十五歳、もとは建築事務所を経営していたが今はリタイアして地域のためのボランティアをし、家事を担っている。二人は第二の人生を謳歌しているアメリカン熟年夫婦だった。

この時彼等は二人で京阪神、北陸、山陰を旅行し、萩に二泊した。私は当時非常勤で高校の英語教師をしていたので、英会話の練習になると、乞われるまま萩、山口の案内をしてあげた。彼等が一番喜んだのは「縁側ランチ」であった。まだ修復前のひなびた大照院の、観光客も来ない裏手の縁側で、手作りのサンドイッチ、おにぎり、桜餅、お茶、コーヒーのお弁当を持って行って、縁側に赤いマットを敷いて供したのだが、これが彼等にはたいへん日本情緒のある一時だったようだ。後々まで「ＥＮＧＡＷＡランチ」と呼ばれた。

ところで、息子ケイが私の机にパソコンをセットしたのは、「お世話になった人」を連れてきた二〇〇〇年である。突如紹介された女性チヒロさんと婚約を宣言した年である。「オカアさん、これからは電話でなくメールの時代だからね。彼女ともメールでね」とマックのパソコンをセットした。そしてメールの仕方を教えて彼女のもとに帰っていった。それ以来、私はケイともチヒロさんとも電話で話したのは数回しかない。メールでやり取りをしたのは数十倍もあるが。その後ケータイという非常に便利な機器の登場にもかかわらず、ケータイで彼の声を聞くことも私の声を届けることも、今もって憚られるのは、このメール通信を彼が勧めたせいであると恨めしい。コミュニケーションは年に二回の帰省時に生の声で、というのが、我が家の作法となってしまった。

ところが、この「パソコンでメール通信」は意外な恩恵をもたらした。萩を案内したアン&ピーターがメールでお礼通信を始めたのだ。メールならナンギな英語も何度でもゆっくり読んで理解できる。分からないところは、コピー&ペーストでここが分からないと指摘して質問できる。メールで返信なら何回も書き直せる。間違った綴りを打てば赤線を付けて注意してくれる。そして瞬時に相手に届く。反応も速いから楽しい。こうしてアン&ピーターとの交流が始まった。一通の英語メールを書くのに一時間や二時間はすぐに費やしてしまうのだが、異言語の世界は異次元の世界、よいストレス発散になった。ポチポチと電子辞書を片手に自分を叱咤激励して、彼等とのメール交換に励んだ。もっともこれはケイの母親対策の一環つまり、自分たち以外に目をむけさせる、ことにまんまとのせられたのかもしれないが。

「ＥＮＧＡＷＡランチ」のお礼がしたいから、一度タコマにいらっしゃい、とアンからのメールにのったのが、『タコマの休日』に書いた顚末である。その後二〇〇八年まで我が家は介護を中心に義父の看取りもふくめ、色々なことが重なって旅に出ることはなかった。二〇〇七年暮れに義母も倒れ救急車で搬送されること二回、ついに入院介護の事態になった。時を同じくして、夫が胃癌の疑いで入院手術、続いて私が乳癌発覚で入院手術と辛いことが続いた。この数年のストレスと加齢が私達の身体に現れたのであろう。アンは私達のことをこの数年のメールでのやり取りから察し、私にまたタコマの彼等の家で静養するようにと強く勧めてきた。転地療養のようなものだ。彼等の病気見舞いのやり方なのだそうだ。

2008年ダーリン家で

看護師のアンの処方はきっと効く、私はありがたく受け入れて退院二ヶ月で再びシアトルに行き二週間を過ごした。

「貴方達でも貴方達の友達でも、こんど日本にいらしたら、どうぞ我が家に来て下さい」と言ったのは、この二度目の滞在をさせてもらった時である。ほんとうにありがたい気分転換をさせてもらった返礼に、真心からこれを言った。アン&ピーターは世界中を旅行して楽しんでいるが、どこに行ってもその地の文化を直接経験したいというスタイルの旅だ。また、自分たちの家にはいつも世界各地からの人をホームステイさせている。ホームステイはお互いの文化を直接感じられるよい旅、よい交流、よい気分転換のやり方だと思っている。私も二度の彼等の所でのホームステイの経験で彼等から率直な受け入れ方を学び、自分でもできるかなと思ったのである。そして今年四月彼等は我が家にやってきた。

2　ホームステイの基本的スタイル

「ホームステイはありのまま、ありのまま」と念仏のように唱えながらも、三月になると彼等を滞在させる部屋と廊下の整理をした。夏用の建具を倉庫に移動、通販で買ったジャンク品を処分、掃除機を北の部屋に移動、などなど物置と化した廊下の整理をする。たまに客が来ると家が片付いてさっぱりしてよい。長年するべしと思っていたことを実行に移すよい機会となった。

彼等が使う部屋は母屋の八畳の床の間と続きの六畳、それにそった縁側である。彼等には、「我が家ではゲストルームは日本式の畳と布団であるがよいか」とあらかじめ聞き、よいと了解を得てある。昭和年代の和風建物なのでスペース的にはゆったりしている。家具もほとんど置かない日本の座敷である。しかし、アンは人工膝関節だし、ピーターは外反母趾を手術した足なので、座敷に座っての所作は無理だろう。さいわい六畳には使わなくなった食卓用のテーブルと四脚の椅子がおいてある。庭に面した廊下にはいわゆる三点セットの低い寛ぎ用椅子テーブルもあるので、全くの座敷生活を送るわけではない。

この二つの座敷の北側にダイニングキッチン、風呂、洗面所、手洗い、玄関があるというのが、昭和の家、我が家の造りである。我々夫婦は玄関よこに増築したミニキッチンとリビング、寝室からなる棟に暮らしている。昼食や夕食は母屋のダイニングキッチンに出向いて作り食べる。玄関、風呂、手洗いは母屋と共同である。アン＆ピーターには二間の座敷とダイニングキッチン、バス・トイレを自由に使って下さいというかたちでホームステイをしてもらったのである。

私はアン＆ピーター・ダーリン家に二度、半月ずつホームステイさせてもらった経験がある。彼等のホームステイのさせ方から学んだことは、「あるがまま」を見てもらうことはもちろん、ホストファミリーは自分達の日常をなるべく乱さない範囲で、ステイ客とお付き合いをするという形だった。これはダーリン家のやり方であるが、ステイさせてもらって感じたことは、ステイする者としても心地よいものだった。お互いに無理のない形だと思った。

初日、彼等をハウスツアーした後、「朝はダーリン家風でいく」と宣言した。彼等はちょっとびっくりした、なぜなら彼等は旅をしたら、そこの固有の文化習慣食事を充分味わうというスタイルをもっているからだ。日本に来て「ダーリン風」とは何？　と思ったにちがいない。私は説明する。

「朝食は各自自由に何時でもどこででも好きにとりましょう。私達はいつものように七時頃、リビングのミニキッチンでとる。新聞やテレビを見ながらいつものパン食をとります。貴方達も好きな時間に好きな場所で好みのものを朝食にとってください。湯沸かしポット、トースター、コーヒーメーカーは六畳の棚にセットしてあります。お皿、カップ、カトラリー、お茶、紅茶、コーヒー豆の挽いたもの（夫が毎朝挽いて瓶に入れておく）はここにあります。自家製天然酵母パン、シリアル、野菜の缶ジュース、果物ジュース、ヨーグルト、バター、オリーブオイル、卵、塩などの食品は、キッチンの棚や冷蔵庫に常備してあるのでお好みで自由に選んで取ってくださ い。どうぞご自由に、Please help yourself」それを聞いて彼等は納得したという顔をし、「じゃあ、縁側で庭を見ながら食べてもいいのね」とにっこりした。

ちなみに、滞在中チラと観察すると、彼等は朝シャワーの後ラフな格好（アンはネマキで）で九時頃朝食を取っていた。アンはコーヒーを飲みながらiPadを見ていることもあった。ピーターは縁側で庭を見ながらコーヒーを飲んでいた。彼はフライパンでポーチドエッグを作っている時もあった。その日の行動の予定を前日にお互いに連絡しあっていれば、私達は朝からナンギな英語を使わなくてよいし、彼等も自由に寛いだ朝の一時を過ごせるので、双方にとってよいやり方だったと思う。

さて昼食、夕食の基本的スタイルはどうしたか。幸いなことにアン&ピーターは日本食がほんとうによい食事だ、お米は大好きだと言っている。アメリカで日本食を毎日といってもなかなか高くつく。私が彼等の所にホームステイした時の経験からすると、彼等はほんとにシンプルな食事をしている。メインの皿に魚か肉と温野菜、あとはグリーンサラダのボウルから自由に取るくらいだった。ワインは必ず飲む。デザートは付いたり付かなかったり。だから我が家でも普段どおり、せいぜい一汁二菜とすること、お米料理で和風を演出すること、ワインとデザートをつけることで満足感を得ること、調理もなるべくシェアすること、短時間にすること、とした。ほんとうに美味しい日本の料理はレストランと旅館で味わって帰ってもらうよう、二晩は外食を組んだ。

今回の彼等の滞在では、運転手、観光案内、家庭生活の采配、通訳、連絡通信、などすべてが私にかかっていた。夫は運転をしないので送り迎えもしてもらえない。運転をして帰って夕食を用意するのは大変だ。時間の迫った時にはグリーンコープの冷凍食品やインスタント食品、半調理品もよく活用した。日本の伝統的主婦としては失格である。しかし「あるがまま」の現実を知ってもらうのもよい、と開き直った。食に関しては「素早く、無理なく」「ホストの日常を乱さず」が実行できたと思う。

後日、アン&ピーターは我が家に六泊と旅館に一泊の宇部来訪を、「とても楽しんだ、このステイは生涯忘れられない特別な時間だった、心から感謝している」と言ってくれた。私も「私のホームステイさせるスタイル」を受け入れてもらってとても満足だった。

3　ようこそ我が家へ

四月六日　第一日目

アン&ピーターの今回の日本旅行は三月三十日に関空到着から始まった。神戸のコバヤシ家滞在三日を皮切りに、京都に五泊して、宇治平等院や美山、市内の神社仏閣を巡り民芸店ショッピングを楽しんだ後、九州へ行く途中、宇部の我が家に立ち寄ることになった。

午後一時三七分新山口駅に新幹線で到着の予定である。ナンギな英会話をしながらの運転、食事の支度は大変なので、少しでも負担を軽く、と考えて、午前中夕食の支度をおおかたしておいた。メニューはチキンカレー、グリーンサラダ、フキとあげの煮物。グリーンサラダには我が菜園のレタスとブロッコリー、それからウドのスライス、カツオのタタキをダイスに切って入れることにした。午後に来るコープの葉野菜を加えてドレッシングをかければよい。ウドは大好きな春の香り、前日スーパーで見かけたのでさっそく買っておいたものだ。「日本のハーブ」と紹介しよう。フキもこの時期の日本の野菜である。煮物のダシ味はまさに日本の味覚なので、ちょっと変な取り合わせであるが、こんな献立になった。

午後、新山口駅に夫と迎えに行った。のぞみ19号から降り立った彼等とは四年ぶりの再会である。タダシにとっては十一年前に息子の結婚式で会った客人のひとりで馴染みはない。大きなスーツケース一つと丸く膨らんだリュック二つ、彼等の巨体を小さな車ポロに乗せるのはかなり無理があったがなんとか我が家まで運んだ。

三時前我が家到着、部屋に案内した後、居間でお茶にする。六畳の畳部屋の籐の椅子にすわってもらう。三十年前のありふれた製品である。我が家は基本的に和風の住まい方である。食事は椅子とテーブルでとるが、リラックスするのは畳の上で、足を投げ出して座椅子や壁にもたれかかる座生活である。よって座卓は必要な時に出すだけで、視界は低く、引き戸を開けるとそのまま縦長の庭を見晴らす。アン&ピーターの第一の感想は「ここは物が少なくてよい。家具も少なく小さくてよい。コバヤシ家では物がありすぎ家具が大きすぎた」というものであった。コバヤシさんはアメリカ生活の経験があるからだろうと応じた。我が家の日本サイズをめでるコメントは、アンたちの「郷に入っては郷に従え」精神のなせる心配りなのかもしれない。お茶とお菓子を勧めたがお茶のみでお菓子は取らないそうだ。アンのダイエット管理が厳しい。京都の話や今後のスケジュールを話し合って、夕食を済ませ、早めに部屋にひきとってもらう。

さて彼等に布団の案内をしなければならない。実は彼等に使ってもらう母屋の八畳と六畳の和室には、押し入れが半間のものしかついていないのである。そこから二人分の布団を毎日出して敷き、畳んで仕舞ってもらうのはなかなか辛いだろうと思った。それで六畳に続く古びた茶室を押し入れ代わりに使ってもらうことを思いついた。座卓二台を置きゴザを掛けて台とし、その上にお布団を畳んでおいてもらえば、立ったままの姿勢で楽に布団を扱うことができる。グッドアイディアの押し入れにおさめてある布団とシーツ類を出す。床の間の八畳に二つ並べて布団を敷くことにする。

futonはすでに英語化している。Zenやsukiyakiと同じである。アンは娘の新しいアパート住まいにfutonをプレゼントしたと言っていた。我が家でのホームステイは和室、布団という環境であることは了解済みである。さて第一日目夜、入浴を勧めたが、彼等は朝シャワーをしたいという。夜、シャワーや入浴をして暖めると寝られなくなるのだそうだ。和室八畳に布団を敷く。敷き布団とカバー掛けした掛け布団、毛布、枕四つ、糊付きプレスしたシーツ三枚と毛布カバー二枚、が茶室を利用した押し入れに置いてある。クリーニングした袋の中の毛布を示すと、アンは「ピーター、ブランケットがあるよ」と嬉しそうにさけんだ。「ピーターは敷き布団とブランケットがあればＯＫ」「この薄い毛布だけでは寒いでしょう？　毛布にはカバーを掛ける？」と聞く。彼等の選択した寝具はこんなふうだ。ピーターはウレタンマットに敷き布団、糊付きシーツ、もう一枚糊付きシーツを置いて毛布をのせ、ホテル式にシーツとシーツの間に潜るという方式にする。枕は一つ、寒いといけないので、軽い掛け布団を予備に置いておく（結局やはり寒い日本家屋の夜なので、この布団をずっと掛けて寝ていた）。アンは敷き布団を二枚、厚めの掛け布団を一枚、枕を三個使用すると言う。彼女は膝が悪いので膝用に枕が一つ必要なのだそうだ。敷き布団は厚めのものを用意していたが、アンはさらにもう一枚敷き布団があれば欲しいという要望であった。クリーニング店に出して糊をきかせたシーツをばりばりと広げて敷くと、アンは「これは贅沢！」と嬉しそうだ。ホテルのベッドでは枕が二つ付いていることが多いので、枕は二つずつ用意していたのが役にたった。私は寝具については、和式ながらホテルのような清潔さと心地よさを提供したいともくろんでいたので、この和洋折衷の寝具に満足してもらってよかった。テキスタイルに興味の深いアンは、日本ではよく見かける頂き物の綾織りのシーツをめでて、「こんな美しい布のシーツは見たことがない！」と言っていた。「ホームステイさせる」一日目の夜はなんとかうまくいったようだ。

4　洗濯と角島へドライブ

四月七日　第二日目

あらかじめ説明したように、朝食は分かれて取った。タダシが挽いたコーヒーを持ってキッチンにいき他に何か欲しいものはないか聞いてみた。ピーターはパンに付けるジャムか蜂蜜がいるという。幸い食品貯蔵庫の中に蜂蜜があったので出してあげる。朝、何か甘いものを取りたいのであろう。私達が好きなメープルシロップはお好みでないようだ。自家製のパンは粉を天然酵母で発酵させたもの、少量の塩と砂糖のみ、油脂は含んでいないことを説明したが、アンはパンは美味しいけれど太るので控えているといっていた。彼等が取ったのは玄米のシリアルにヨーグルトと果物、たっぷりのコーヒーと牛乳のようだ。ラフな格好で自宅で取るのと同じような朝食をリラックスして取っていた。私達夫婦もいつもと同じ朝食を英語のプレッシャーなしにゆっくりと取れて本当にらくだ。

朝食後、アンは洗濯機を使わせて欲しいという。どうぞ、どうぞ。アンは水でするもの、湯でするもの、手洗いするもの、と分けていた。今日もよい天気。彼等は来日十日目になる。そろそろ旅の下着も替えがそこをついてきたらしい。まず手洗いしたシャツはちょっとだけ脱水させたいという。半脱水の段階で手でしわを伸ばして干すとアイロンが省略できるそうだ。アンが洗濯機の脱水のボタンを押し、二、三秒後、途中で止めのボタンを押して取り出し、しわを伸ばして、ハンガーに干した。その後下着の洗濯フルコースをおこなう。が、どうしたわけか脱水の途中で中止してしまう。蓋も開かない。再稼動のボタンを押してもオフのボタンを押しても、蓋が開かない。「私達のパンツはみんなこの中。ずっとここに留まっていなさい、という神のお告げかも…」とアンは言う。コンセントを抜いて蓋を引っ張るが開かない、コンセントを入れて引っ張っても開かない。困った、ちょうどその時、タダシが通りかかったので、かくかくしかじか、と説明する。彼はオフボタンを押し、しばし考えて蓋を引っ張った。すると、蓋は簡単に開いたのだった。その後再稼動ボタンを押し洗濯は順調に進んだ。よかった、よかった。

今日は角島までドライブを計画していた。日本の平凡な田舎道ウォッチングもよかろう、彼等は日本旅行に来て、大阪、神戸、京都と観光地巡りは堪能しているだろう。彼等の嗜好と考えて合わせ、そろそろ海が見えるところが恋しいのではと思ったのだ。彼等は数年前までヨットを持っていたくらい、海が大好きなのだ。私の提案にアンは「ホームステイする人はホストの意のままに従うのよ」と応えた。ではモトコ流に、お花見の混雑は避けて日本海のきれいな海を見せに連れて行こうと、十一時に家を出た。

西長門リゾートホテルに着いたのが十三時、さっそく、ビーチと白波とその向こうに角島大橋の見渡せるレストランで昼食を取った。お昼のミニコース、前菜とスープ、メインはお魚（鯛の香草焼き）、デザートにコーヒー付きで二千五百円のお手軽コースである。しっかりしたクロスのテーブルにナプキン、ナイフフォークが両脇に並べられている。ビールを注文する、と同時に箸が使いたいとおっしゃるので、箸も持ってきてもらう。彼等は前回も今回も家で箸の使い方を練習して来日しているのだそうだ。その成果を実感したい、披露したいのだ。ウエイターのお姉さんが持ってきてくれたのは、袋に入った割り箸だった。前菜は今流行の皿、六つのくぼみに六種の前菜が盛られて出てくる。彼等は上手に箸を使って食べた。私達も箸を使った。この窪みに入ったプチポーションの酒のつまみはまさに箸で食べるのが正しい。ナイフやフォークでは難しい。彼等は先見の明がある。広いガラスの窓越しにホテルのプライベートビーチと角島大橋、その向こうに響灘が見える。アンの観察は細かい。「ビーチでは数人が清掃作業をしている、打ち上げられた海藻を集め、あっ、砂浜に穴を掘って埋めている。こんなやりようは今まで見たことがない。沖の船はタンカーだが何処に行くのか。数艘の漁船も見える。底引き網漁船か」みなよく答えられない質問だった。昼食後ホテルのプライベートビーチを散歩する。陽は燦々と輝きコバルトブルーの海に白い波が砕けて美しい。風が強く散歩などする人は誰もいない。今日は四月初めの土曜日だがここには桜がないためか、観光客も疎らである。この時期、花見ができないとは日本の観光地にとっては最大の欠点のようだ。

ホテルを出て、角島大橋、本州最長の一七八〇mの通行料タダの橋を渡り、角島灯台公園に行った。御影石造りの美しい灯台は明治七年に灯された洋式灯台の古典である。駐車場の店先には、イカを風でぐるぐるとまわして干す仕掛けがあり、焼きイカが

角島で

売られていた。食欲はお昼で満足していたので、アンが興味を惹かれるのはその装置だった。アンはさっそく写真に撮っていた。

帰りに厚狭川の近くを通ると川の両岸の堤防の桜並木が満開だった。ゆっくり通るとお花見をする人の姿も見られた。彼等も日本のお花見に少し参加した気分になったようだ。お昼には箸も使ったことだし、日本情緒も味わえたのではないか。

帰宅したのは六時過ぎだった。まず洗濯ものを入れる。部屋のオイルヒーターを点けハンガーごと取り込んで部屋で少し湿気を取る。私は夕食の支度をしなければ、と心急かされる。一番簡単な夕食は鍋料理。冷凍ブタの薄切りを自然解凍してあったので、豚チリの用意をする。電気鍋に昆布を入れてスイッチオン、としたところ、真っ暗になってしまった。ブレーカーが落ちて電気が飛んでしまったのだ。ヒーターを消しブレーカーを戻して事なきを得たが、びっくりした。朝に夕に電気機器で戸惑う日だった。

夕食にも彼等は割り箸を上手に使い、ブタ肉、キノコ、野菜、豆腐（これはスプーンで）を大根おろしとポン酢醤油のたれに浸けて食べた。ご飯は雑穀米にした。デザートは桜餅を二個ずつ、小豆と米と砂糖だけで脂肪分なし、桜の葉の香りがする日本の甘味に、彼等の食欲は充分満足したようだった。

九時にはお互いにお休みなさい、となった。私は忙しかった一日の疲れをお風呂でゆっくりと取って休もうと、いつものように給湯の栓をひねった。電気温水器の湯は初めちょっと冷たいが、すぐに湯になるはずだった。が、今日は冷たい水ばかり出る。えっ、なぜ？　お湯の使いすぎなのか？　リフォームで新しい電気温水器になったこの十年、お正月に子供達が帰省しても足りないことはなかったのに、と初めての事態に困惑した。ともかく一晩過ぎればまたお湯は満ちるはずだ、今夜私達が我慢すればよい、と気を鎮めて、やかんに沸かしたお湯で手足を洗って寝床についた。夜まで電気関係で悩まされた一日だった。深夜に温水器にお湯が正常に溜まり、明日の朝アンたちがシャワーが出来るようにと祈って寝た。

5　お弁当とドライブ

四月八日　第三日目

今日も晴朗なる春の日である。お弁当を持ってピクニックに行こう。混雑した場所の嫌いな我が家では、広々とした秋吉台が一番のお気に入りである。四季折々によい。アン&ピーターも連れて行こう。

朝の雑事をすませて、お弁当を作る。先日新聞に載っていたお弁当の写真を見せる。一九七〇年代（私が子供にお弁当を作っていた頃）と二〇一二年代の（今のお母さんが作る）お弁当の比較写真だ。お弁当箱という小さな空間に、色良く、栄養バランスに優れ、毎日飽きないよう変化に富み、短時間にできる一食を盛り込むのが日本のお弁当だ。この技を日本のお母さんは持っていて、実行できないとお母さんとは言えない。それは四十年前も今も変わらないようだ。四十年前のお弁当でも充分に美しいのに、今のお弁当はマンガチックにキャラクターを食材で描かなければならないらしい。たとえば、白いお握りに黒い海苔で髪を付け目鼻を書き、ピンクのそぼろで頬を染める、ハート形に切った人参を脇に散らし、タマゴ色の服を着せて、二十日大根で花を作る、サヤエンドウは両端をちょっとカットして半開きにすればハーモニカのよう、という具合である。すごい！　そしてこのお弁当が、子の、また親の競争心の種になっていることもあるらしい。この競争にのりたくなくて、子を持つ意欲をなくす人もいるらしい。全くナンセンス！と私の意見を言う。アンはアメリカのお弁当の簡便さを述べ（たとえばリンゴ一個にチーズとパン）、さらに彼等の子供には早くから自分でお弁当を作らせたと語る。

私のお弁当はこんなものよ、と日本のお弁当の定番を台所で作りながら話す。最も簡単で手早くできるご飯を中心にしたもの、まず、お握り、海苔を巻くところをアンにさせてあげる（彼等は何か手伝うことはないかと待ち構えているから）。残りのご飯に寿司酢を加え、コープの味付け稲荷アゲの中に詰める、いなり寿司の出来上がり。ソーセージを茹でてタコの八ちゃんにし、中心に辛子を絞り込む。畑のブロッコリーもついでに湯がく。日本の弁当の定番、タマゴ焼きを作る時には、アンはピーターを呼び立てて作り方を見ておくようにと言っていた。薄いプラスチック包装容器に詰め、隙間はパセリで埋める、隅にデザートとして桜餅をいれた。白、黒、ピンクに赤、オレンジ、黄色、緑と色合いは完璧である。個々に包装紙で包み、割り箸を添え、一人一人に手渡せば、ピクニックの準備は完了。日本のお母さんにとっては造作もない。「ワンダフル、マーベラス、すばらしい」と言わせて、もと日本のお母さんの意地を見せた。

ペットボトルのお茶と、タダシに淹れてもらったコーヒーを魔法瓶に入れ、敷物と共にバスケットに詰めて、一時間のドライブで秋吉台に着いた。アンは今度生まれ変わったら地質学者になりたいと言っていたから、カルスト台地は興味深いかもしれないと、案内したのだが、アタリだった。洞窟はアリゾナで堪能したばかりなので入る気はないと断ったが、台地の風景はとても気に入ったようだ。石灰岩のかけらを拾っていた。ピーターは台地を走るオープンカーに興味津々だった。

簡単ながら彼等にとってはヘルシーなお弁当と大好きなコーヒーを気持ちよい青空の下でゆっくりと

秋吉台の３人

とり、よいピクニックだった。食後ピーターとタダシは台地をすこし散歩した。アンは私と同じ日本製のカメラ、パナソニックのルミックスの性能のよさを語り、接写の操作について実演を交えながら教えてくれた。すばらしい写真を撮るアンのお気に入りのカメラが日本製とは、初めて知った。

三時頃家に帰り、それぞれの部屋に引き上げた。私達はしばしノー・イングリッシュの時間を過ごす。アンはiPadで自宅のメールチェックがしたいらしい。京都のホテルの部屋からはiPadで通信できなかったと残念がっていたが、我が家は息子Kの好みで無線LAN設定になっているので、自室で寛いでiPadが使えるのを喜んでいる。ピーターは可愛い年寄りらしく、「ちょっとお昼寝」と敷きっぱなしの布団に潜り込んだ。それぞれにストレス・フリーの時間をすごした。

この日のディナーはフレンチ料理店の「グリルおかもと」を予約していた。私の手抜きのためと、宇部のすばらしいフランス料理紹介のためである。岡本シェフは本場仕込みの正統フランス料理を作られる。春のプチコース、マグロのタルタル、リーキネギのポタージュ、ホタテ貝のポワレ、イチゴのデザート、どの皿も美しく美味しい。アンとピーターも「今まで食べたどのフランス料理よりも美味しかった！」と感激していた。お昼を簡単和食弁当で適度にお腹をすかせておいたのもモトコの策略、アタリ、と私も大満足だった。

代行運転で帰る。この、都会にはない代行運転のサービスを説明する。彼等はこのビジネスを初めて知り、感心していた。アンの故郷のニューカッスルにもないそうだ。ワイン二杯位のアルコールでは飲酒運転にはならない、たくさん飲む時は飲まない運転者を決めて行くか、泊まり込みのできるレストランに行くのが彼等のやり方だそうだ。「スキヤキ同様、この日本独特のビジネスが広く普及し、ダイコウが世界語になるかもしれないから覚えておいてね」と話を大きく膨らませ、「スキヤキ・パーティーのあとはダイコウ」と覚えさせた。

6　レンタカー　四月九日　第四日目

二日間郊外ドライブが続き、午後にはレンタカーを借りに新山口まで行かなければならないので、今日は特に何のイベントもなし、おうち日にした。アンは旅行中もiPadの世界からは離れたくないらしい、シアトルの自宅のパソコンに接続し、溜まったメールを読んだり返事を書いたり、事務処理をしたりしたようだ。この非常にテクノロジーの発達した日本ではどこからでも世界に接続できる、つまりWiFi環境が整っている、と思って来日したらしいが、今までのところ時間的にも環境的にもそれができなかったという。今日は我が家の居間から自宅のPCに接続し充分自分の用件を片付けたそうだ。さらに私のマックを操作して、スカイプを入れた。今後私とスカイプで話をしようと言う。パソコン操作を苦手とする私だが、ま、彼女が家に帰ってからの話なので、暗証番号などのメモをなくさないようにだけ気をつけて、生返事をしておいた。

パソコンをいじっていると時間があっという間に過ぎる。お昼を何にしよう、調理する時間もない。こんな時にと、彼等が来る前の日に、ケークサレを焼いておいた。ズッキーニや畑のレッドオニオン、ブロッコリーなど野菜とチーズがはいっているので昼食には充分だろう。紅茶を用意しながら冷蔵庫の人参とキュウリとウドをスティックに切って盛り、ゲランドの塩を添えた。こんな良いお天気なら外の縁側で食べてこそ、彼等にはごちそうだ。茶室の外縁にゴザを敷き、折りたたみテーブルと椅子を広げて四人分の食卓を整えた。アメリカ式にマグカップでオーケー。彼等は裸足になって飛び石やゴザの感触を楽しみ、リラックスしていた。明るい太陽の光の中で、お箸を必要としない食事はきっとくつろげたにちがいない。

春の午後の陽を充分堪能した後、新山口駅前のマツダレンタカーに着いた時は三時をだいぶ過ぎていた。彼等は今回の日本旅行を契約したシアトルの旅行社を通じてレンタカーの予約をしてきた。車種も費用も旅行代金に含まれて契約済みである。窓口のおねえさんは、保険のことで確認をしたいと、しゃべり始めるが日本語だけである。契約の保険料にはレッカー車代とその他ある種の費用は含まれていないこと、今、ある特別キャンペーンに入っておけば万全ですとおっしゃる。私に通訳してくれというが、保険契約の語彙など知らないので、アンに「シアトルの旅行社がした契約では完璧でない、と彼女は言っている」と伝える。アンは、「自動車保険会社のよくやる手ね」と肩をすくめる。窓口のお姉さんもお兄さん達も全くマニュアルどおりのことを日本語でいうだけ。交渉となると、英語のできる本社の担当と電話で話して下さいと受話器をわたす。多少の追加料金で完璧な補償が受けられるようにしたようだ。山口店の三人の若い店員はただサインを求めるだけである。サインをし、やっと事務手続きを終えると、外でお兄さんがマツダのレンタカー、ＡＸＥＬＡの車の操作説明をする。その間二時間近くかかった。

五時を過ぎて、私の車の後ろをアンがレンタカーを運転し、家に向かう。夕暮れになった。自動車専用山口宇部道路は、今無料化に伴う料金ゲートのコンクリート壁撤去や車線変更などで、工事中の所が多い。あるゲートのところを過ぎた時、アンの車が止まった。どうしたのだろうと、路肩に車を止めて見に行くと、パンクしたのだと言う。ピーターが早速スペアタイヤに付け替えるための作業に取りかかっている。後タイヤの側面がコンクリートか何かに当たり傷ついているとのこと、アンは今までの長い運転歴の中でこのようなミスをしたことは一度もないと、相当なショックを受けている。私はケータイで先ほどのマツダレンタカー店に電話をする。その店ではちょうど店員が交代の時間帯でなかなかスムーズな対応を得られなかったが、とにかくそこで待つようにとの指示だった。ピーターはホイールの歪みがあるのでパンクタイヤを外すのがなかなかできないようだ。ゲートの近くの広い場所であり、下り線なのでこの時間帯の通行車両は少ない。だんだんと暗くなり寒くなる中、悪戦苦闘しているピーターを気の毒に思いながらも、なす術がない。夕暮れの中、老女二人は呆然と立ちすくむばかりである。どうかしましたかと、止まって聞く車は一台もない。上り車線を黒白のパトカーが過ぎて行った時、アンは「一台の車も止まらなかった。パトカーさえも過ぎて行ってしまった！」と言う。事故のショック以上に孤独感で一杯になったようだ。

二時間近く経ってようやくマツダレンタカーのお兄さんがやってきた。「この車を使ってください。故障車輌は自分がなんとかしてもって帰る」という。春の長い日もとっくに暮れ、真っ暗な中、ピーターの運転で家に帰った。我が家の狭い道に入れることはやめ、近くのスーパーの駐車場においた。

三人が家に帰り着いた時は七時をだいぶ過ぎていた。明日から九州旅行が控えている。夕食を整えなくてはならない。待っている間にタダシに電話で炊飯器のスイッチ・オンを頼み、冷凍庫の鰻蒲焼きを常温に出しておいてもらったので、うな丼がすぐにできる。昼間お隣の奥さんにもらったワカメの茹でたものがあるので切って味ポンをかけると海藻サラダとなる。お湯を沸かしコープのインスタントすまし汁に冷蔵庫の三つ葉をたっぷり加えれば、彼等にとっては香りのよいコンソメスープの出来上がりである。十五分で三品の夕食を用意すると、アンはびっくりしていた。ご飯の終わりにアンは「デザートにこれを食べよう」と、彼等の部屋の果物かごに入れてあった大きなリンゴをもってきた。彼等にとってデザートまで食べてこそ、ディナーと言えるものだった。女二人で完璧なディナーを作ったのだ。食事を作り食べることで気持ちも落ちついたようだ。

夜寝る時にアンのことを思った。世界中を旅してきた、様々な国で運転もしてきた、十年前に来日した時も信州でレンタカーを借りた経験もある、腕に自信のある彼女はさぞ気が滅入ったことだろう。なかでも「一台の車も止まらなかった」と私に言った時の声色には深い落胆の響きがあった。

私はあるテレビでの実験を思い出した。西洋人の女性ドライバーが道路上でトラブルにあい困っている状況をつくる。さてどうなるか。この時止まって気遣う車はなかった。自ら助けの手を差し伸べる者はいなかったのである。差し伸べなかった人々にインタビューをしていたが、それは、外国人相手では英語ができないから自分は助けられないと判断してやり過ごした、と多くの人が言っていた。アン&ピーターの姿も遠目にすぐに西洋人だとわかる。私の車が止まっていたので、人々はもうヘルプはいらないと思ったのか、外国人には関わりたくないと思ったのか、わからないが、確かに一台の車も気遣って止まる車はなかった。

色々考察するに、日本では下手な素人の助けや他人の気遣いより、ＪＡＦなどの専門家の助けや家族の気遣いを当てにする風土があるかもしれない。私も「一台の車も止まらなかった」ことはアンの言葉を聞くまで気にならなかった。ひたすら自動車屋の救援車を待つのみだった。

アンの言葉で、ここには東西の精神風土の違いがある、アンにとってはカルチャーショックだったろうと気づかされた。そういえば、アン＆ピーターは家でも「何か手伝うことはないか」と家事をしている私によく聞いていたものだ。それが彼等のマナーなのだろう。日本人も手助け、人助けにやぶさかではない。決して冷たい民族ではないが、もし言葉、英語がその足を引っ張っているとしたら、悲しいことだ。中高六年間の英語教育が英語嫌いをつくったのかもしれない。あるいは、自国語だけの世界で何もかも不足なく恵まれている現在の日本人は、少し排他的になっているのかもしれない。

アン＆ピーターの明日からの九州ドライブ旅行の無事を祈りながら寝た。

7　ストレスフルな道案内　四月十日　第五日目

昨日とはうって変わって曇り空の朝だ。レンタカーを止めていたスーパーまで四人で歩いて行く。私とタダシは後部座席に座る。運転席にはピーターが乗る。アンが助手席だ。「昨日のことがあるので、あなた達が不安に思わないように、僕が運転するよ」とピーターが言うところをみると、ほんとうは九州旅行にはアンの運転で行くつもりだったのだろう。

山陽道宇部東インターから入り下関東インターで中国道、関門大橋を渡れば九州道だ。ピーターは非常に慎重に運転する、スピードも法定速度を守っている。九州道を一時間半、久留米インターの次、広川インターで降りる。今日の第一番の目的は久留米絣の「山藍工房」を訪ねることだ。三月にタダシと私は久留米絣祭りに来て、この工房のアンテナショップに出会い工房の資料を手に入れていた。おおよその地理はわかっているが現地の田舎道に入るとあやふやになる。二度ほどアンが私に地元の人に道を聞かせた。地理オンチの私が道案内を聞き、それをつたない英語でアンに伝えると、アンが私のジャパニーズ・イングリッシュを彼等のイングリッシュに訳して運転手のピーターに伝える、というやり方でナビゲーションが行われた。なんともまどろっこしい、車というスピードには合わない、ストレスのかかるコミュニケーションだった。十二時過ぎにやっと目的地、山藍工房の敷地に駐車した。

「山藍」は重要無形文化財久留米絣技術伝承者、山村省二氏の工房である。氏は多くの賞に輝き海外でも個展や講演を行われている多忙な方で、本日も不在であるが、見学はできることをあらかじめ電話にて確認してあった。柿原真木子さんというこの道十五年、同じく久留米絣技術保持者の方が私達を迎え工房を案内してくださった。大きな古民家を展示館にしたミュージアムには氏の素晴らしい作品が展示されている。着物、反物、タペストリーなど複雑精緻な絣の作品である。「私の作品はぼかしやグラデーションを使って、地色が単調なイメージにならないように気を配っています。本来の紺絣をベースに藍色の変化で粋な感じ、明るい感じに仕上げてみたい」と述べられている。二百年を超える久留米絣の特徴として、「縦糸と緯糸の柄を合わせて一つの柄を作るが、一反出来上がるまでには三十以上の工程を経て、そのひとつひとつに技と経験を必要とする。中でも、括り、藍染め、手織りの工程はとくに技術と経験が必要である。一反の久留米絣が出来上がるまで最低二ヶ月から三ヶ月の月日を要する」と説明にある。

真木子さんは英語も交え展示館、藍染めの瓶場、手織りの機場と案内して下さった。アンは自身がテキスタイル作家でもあるので非常に興味を持ち、その美しい精緻な作品に魅入られていた。彼女は自分のスタジオで日本の着物地でも作品を作っている。それでここの美しい絣の反物を求め自分の作品作りの糧にしたいと思ったのだが、真木子さんにその値段を聞いて諦めた。ドルに換算すると三三〇〇ドルになるそうだ。自分にはとても買える額ではないと言う。

古民家の一角でお茶とお菓子の接待を受けた。アンと真木子さんは意気投合しお互いに名刺を交換していた。アンは目敏く土間の一隅のカゴの中にあった数着の久留米絣の古着の販売品を見つけ、早速素晴らしい絣模様の着物を買った。二万円位だっただろうか。私も真似て簡素な模様の野良着を買った。一万円もしなかった。後日、アンはその絣の着物からピーターのシャツを作った、と写真付きメールで知らせてきた。インディゴブルーに鮮やかな絣模様の入った素晴らしいシャツになっていた。アンは技術者の真木子さんが貴重な時間を我々の案内に割いてくれたことに恐縮し、また藍でくくり染めにした一巻きの糸をプレゼントされていたく感謝して、帰米後、彼女に手作りのポシェットを送ったと言っていた。

工房を出ると雨が本格的に降り始めた。国道210号で今夜の宿のある久留米駅前に進んだ。

駅前のハイネスホテル久留米はすぐにわかったが、離れた所にある駐車場の在処がわかりにくい。アンは私にホテルのフロントで聞いてくるようにという。まずホテルのフロントが地上階にないことに田舎者の私はまごつく。無味乾燥な小さな箱、エレベーターに乗って四階のボタンを押す。ホールに出ればぐるりと見回してフロントを探す。あ、あっちだ、フロントに辿り着く前に若いお兄さんが客をさばいている。今チェックインするわけではない、「駐車場はどこですか？」と聞いてみる。お兄さんはすぐにカウンターにある駐車場の在処を示すペーパーを手渡してくれて、二、三言葉を添えた。紙に示してあるように一方通行のところがある、信号を二つ渡って左に曲がる、等など、聞いた日本語を反芻する。車に戻り、図示された紙を渡し、今ホテルマンから聞いた日本語を頭の中で英訳しアンに伝える。アンがピーターに指図する。が、駅前の繁華街の中にあるらしいその駐車場は見当たらない。雨の夕方の繁華街の道をさんざんうろうろし、二度にわたり駅前のホテルの前からやり直し、三度目にやっと入庫できたのだった。

私の聞き方が悪かったのだろうか、英語の訳し方が間違っていたのか、ホテルのお兄さんの言い方が略図にそっていなかったのか、後部座席で悶々とした時間だった。運転手のピーターは始終冷静で、アンの指図どおり何度も同じ道を行ったり来たり、ウィンカーを出したり消したり左右を変えたり、辛抱強く付き合ってくれたのには心底感心した。ピーター、異国でのドライバー役、本当にご苦労様でした！

夕食はホテルのレストランで済ませることに皆が一致した。簡素な洋食コース（三六〇〇円）とビールを取った。高速代と駐車料金はピーターが払ったので、夕食代はタダシが払った。食後はすぐにそれぞれの部屋に引き上げた。駅前ビジネスホテルであるが部屋は広く快適であった（朝食付き一人五八〇〇円）。あとで知ったことであるが、アン達にとって西洋式ベッドで寝る安堵感は非常に大きいらしい、この夜はよく寝られたことだろう。私も不得手な道案内をつたない英語でするストレスにすっかり疲れて、すぐに寝入ったのだった。

8　湯布院へ

四月十一日　第六日目

苦労して入った駐車場はホテルの裏手を歩けばすぐ近くだった。昨日の道案内の苦労はなんだったのか！

ピーターの運転で国道210号を湯布院に向かう。朝は雨が降っていたが、次第に雨はあがっていく。途中江戸時代の天領であった日田盆地を案内しようと言うとオーケーと返事があった。手前のうきは市を過ぎる時、「ここは江戸時代の古い通りがあるが、お天気もまだよくないし通過する」とアンはピーターに言う。私の知識ではこの辺りは果物の産地ということしかなく、実際街道沿いにブドウや桃、イチジクの果樹園が点在していた。帰って調べると浮羽は白壁の蔵や古い大きな商家のある江戸時代に栄えた町であった。日田も江戸期の天領で同じく古い町並みで有名であるが、浮羽にも停まらせてあげればよかったと、今にして思うが、あとのまつりである。

お昼前に日田に到着した。駐車場が完備され、観光地として訪れやすく整備されている。豆田町を散策する。天保年間に建築されたというしもた屋で、ご主人が作るという土鈴を、人の良さそうな女の人が売っていた。魔除けになるという土鈴をアンはお土産にたくさん買った。不治の病の床にある友達にもあげると言う。アンは滅多にお土産を買わない人だが、「今回はここのクラフトマンをサポートしたいので」と、買い物を一つの主張を込めた行為としているようであった。あまりお土産を買わない私も涼やかな音に魅かれて三つばかり買ってしまった。

お昼は古い通りの旗に導かれて、蔵を改造した蕎麦屋に入った。若い男の子が一人で切り盛りしていた。豚シャブ蕎麦の温製をダーリン夫妻、冷製を浅井夫妻が注文した。待っている間、アンは隣のテーブルにいる若いカップルを観察し、「彼等は何も会話しないで、アイフォンを見ている。時々アイフォンを交換して画面を見せ合っているだけだ」と日本の現代の若者のIT依存のコミュニケーションの様子を解説する。ほどなく運ばれてきた蕎麦はとても美味しかった。

観光コースとして公開されている酒蔵を見学した。江戸時代の木造の大きな梁や黒々と光る階段をどれだけの人々が見上げ踏みしめたか、とアンは感慨深げに眺めていた。一軒の古民家で天然酵母のパンを売っていた。建物が奥ゆかしいので天然酵母もよく働いていそうな雰囲気だ。アンも私も思わず数個のパンを買ってしまった。

さて今夜の宿、湯布院に向かう。金鱗湖の近く「カントリーイン麓舎」は私が手配した宿である。近くのローソンから電話をすれば迎えに出ていてあげると、宿のマダムと電話で連絡がとれていた。しかしそのローソンに着くまでのナビゲーションが大変だった。電話では210号線から脇道に入り信号を三つ越えたところにそのローソンはあるはずだったが、結局信号は七つ越えたところにあった。五時半に到着。その宿は休日のため夕食付きでない（朝食付きで一人七〇〇〇円）。夕食はどうするか、ということになった。先に買った天然酵母パンもあることなので、ローソンで何か食料を買って食べることにした。アンによると日本のコンビニで買える食事はとても美味しい、アメリカではコンビニの食事で間に合わせるのはやむを得ぬ最後の手段だそうだ。アン＆ピーターはビールとナッツを買った。私達は中華そばとビールを買った。部屋に荷物を入れてから、四人で金鱗湖の周辺をウォーキングした。静かな水面に由布岳が影を映し水鳥が泳いでよい眺めであった。

散歩の後、温泉に入った。この宿には三つの温泉がある。館内に二つ、見晴らしのよい館外に露天風呂付きが一つ。アンと私は館外のお風呂にいくことにした。ツッカケを履いて木の階段を上り、湯殿のある別棟に行く。「私はファット（脂肪）を見られるのがはずかしい」とアン、「私はボーン（骨）を見られるのがはずかしい」と私、お互いにはずかしく思いながらも、欠点は年の功ですぐにわすれ見慣れる。大きな湯船に浸かると疲労も溶けてゆくようだ。隣の露天風呂に入れば、大きな桜の木が枝を広げはらはらとピンクの花びらを降りそそぐ。アンは、肩から上を涼やかな風にさらして入る露天風呂が、たいそう気に入ったようだ。部屋のベッドの端で痛めたという足の指にも効いてくれることをねがって、日本の温泉をゆっくりと楽しんだ。

夕食は各自の部屋でとり早々と寝た。

9　布団とノー・イングリッシュ・デイ

四月十二日、十三日、十四日

湯布院での朝はよいお天気で迎えた。朝食は宿のお隣の直営レストラン夢鹿で供された。野菜シチュー、苺ヨーグルト、グリーンサラダ、コーヒーにパン。味はまあまあ。アンはコーヒーをもう一カップお代わりしていた。以前日本旅行に来て食後のコーヒーが小さなデミタスカップで出た時、もっとたくさん飲みたくて、それを伝えるのに苦労した話をしていた。普通のカップで、と伝えられなくて、結局ご飯茶碗に一杯持ってきてもらったそうだ。日本人は変な外国人と思ったことだろう。身体の大きいアンが一度に飲むコーヒーの量は私達の二倍である。

九時半にチェックアウトした。アン&ピーターはこれから南九州を目指してドライブ旅行を続ける。私達夫婦は湯布院駅から列車で帰宅する。「モトコ、これから三日はノー・イングリッシュ・デイだよ、ほっとするでしょ、楽しんでね！」とアンはしきりに言う。お互いによい旅を、と言い合って二日後の夜に再会を、と約束して別れた。

宿の人にJR湯布院駅まで送ってもらい、十時六分の列車に乗った。日豊線まわりで小倉駅に、小倉から新幹線で新山口、そこから宇部線で東新川駅、タクシーで家まで帰った。帰宅した時には午後三時を過ぎていた。車で高速道を移動すれば、せいぜい二時間半しかかからないだろうが。久しぶりの列車、夫婦二人で慣れた会話、駅弁を食べ車窓の春景色眺める五時間はリラックス・タイムであった。

家に帰るとすぐに窓を開け放った。およそ三日間閉め切っていた上、その間雨も降ったので日本家屋の我が家では陽と風を入れるのは必須である。表廊下の雨戸もガラス戸も開け、陽と風を入れなければと、客間の方に入っていった。アン&ピーターに使ってもらっていた八畳と六畳の部屋である。彼等は四日間だけここから九州のドライブ小旅行をするわけで、貴重品と小旅行に必要なものだけを持っていき、他の荷物はおいてあった。彼等にとって布団はベッドという感覚なのであろう、夜敷き朝上げる習慣はなく、八畳は布団を敷いたベッドルームだった。ホームステイの部屋として自由に使って下さいと提供した二部屋だが、日本のこの気候環境におけるしきたりを控えることはできず、私の手足は自然と動いていた。廊下の雨戸をあけ、ガラス戸を引き開け、障子も開けて、午後の光と風を部屋いっぱい入れた。湿った布団を上げて燦々と輝く春のお日様にあてた。タダシもいつものように次々と部屋に掃除機をかけていった。夕方、家中がさっぱりと乾いて綺麗になり、大満足であった。

ところが夕食を終えて一息いれ、アン&ピーターはどうしているかしらと彼等のことに思いを巡らすうちに、彼等の部屋に入ったことが何かひっかかってきた。出かける前に留守中掃除をすると言っていない。掃除をするには布団も上げることになる、とも言っていない。プライベートな空間に黙って入ったことになる。彼等西洋人はプライバシーを侵害されたと思わないだろうか？　しかし、日本人として何日も部屋を閉めっぱなしにし、布団を敷きっぱなしにしてはおけなかった、と、私の心は相剋を始めたのであった。夫に話しても主婦の私の心情もホームステイの良識もよくわからないらしい。私は娘に電話した。プライバシーには敏感な世代である。「オカアさん、今さら悩んでもしょうがない。布団を干すのは日本の習慣です、で通しなさい」ということだった。

実際、二日後の夕方、彼等は九州小旅行から我が家に帰ってきた。アンが八畳の部屋を開けると同時に、私は「さあ、どうぞ。布団はお日様のもとに干しておきましたよ。お日様の匂いがしますよ」と言った。アンは一瞬はっとした様子だったが、すぐに普通の顔にもどって、「敷いておきましょう」と私に手助けを求めた。私もいそいそと布団敷きを手伝った。乾いた畳にふんわりと空気を含んだ布団、洗濯したシーツをかけて、二人分の布団ベッドをつくり、八畳を再びベッドルームにした。彼等は我が家でのホームステイ後半もリラックスして楽しそうに過ごしていたので、この件に関して感情を害したふうには見えなかった。私の心配は杞憂に終わった。「郷に入れば郷に従え」という彼等の心意気が感じられたのだった。

湯布院から帰った明くる日とその明くる日は、ノー・イングリッシュ・デイが続いた。私はアンが言うとおり英語から解放されてホッとして過ごした。スーパーに買い物に行き、後半の献立を考えながら食料をストックした。

十四日夕方、彼等は小郡のマツダレンタカー店まで帰ってくるとケータイに知らせが入った。私は午後早く、ちらし寿司を作っておいた。彼等に会えばまた拙い英語訳で頭がいっぱいになり、手もとはおるすになるので、日本食料理作りなど手早くできなくなるのだ。この日の夕食は、鯛の酢締めとウド、山椒の葉をちらした寿司、ワカメのすまし汁、青菜の鰹ぶし和え、苺大福のデザートを用意した。九州旅行の報告を聞きながら四人でテーブルを囲んだ。

10　我が家のステイ最終日

四月十五日、十六日

よい天気である。アン&ピーターの日本旅行も半分を過ぎた。今日は家にいて洗濯をしたいという。後半のホテル・ステイでは充分にできないからららしい。下着、色物、シャツなどに分けて、三度洗濯機をまわした。外に干すものもあり、内に干すものもあった。しばらくするとピーターはアイロンを使いたいという。最近はあまりアイロンを使うこともない私は、ちゃちであまり手入れもされていない我が家のアイロンとアイロン台を出すのは恥ずかしかったが、要望に応えた。ピーターは半乾きの自分のシャツを取り入れてくると、慣れた手つきでアイロンをかけていった。「よくやりますね」と言うと「誰もしてくれないから」と言う。ピーターはいつも端正にしているが、こうして自分でアイロンをあてたシャツを着ているからなのだと納得した。ほんとうに努力する紳士である。

お昼は残り物でよいかと聞く。もちろんオーケーだと言う。アンは冷蔵庫を開けるとすぐにケークサレの残りを見つけて、自分はこれでよい、と言う。みんなにはちらし寿司の残りを食べてもらう。フリーズドライのすまし汁をつけて簡単にすませた。

午後ピーターは庭でスケッチをし、アンは何通かのハガキを書いていた。雑用を済ませた私が彼等を常盤公園に誘ったのはもう四時近くだった。宇部に来たお客さまには常盤公園を見てもらうのは定番である。「白鳥の池」として市民は誇りにしていたが、残念なことに、鳥インフルエンザの嫌疑のせいで今は白鳥はいない。しかし常盤公園は世界的にも有名なビエンナーレ野外彫刻展の会場であり、作品があちこちに置いてある。家から車で五分、灌漑用の池を中心にした遊園地と公園は、デートの場所であり、我が子を遊ばせ、今はウォーキングのコースとして、我々の生活にとても大事なところだと説明する。抽象的な現代彫刻にアンもピーターもとても感心したようだ。特に大空にゆらゆらと動く彫刻が気に入ったらしい。

夕食の支度を手早くする。アンは「何か手伝うことはないか」といつも聞いていたので、お手伝いが頼みやすいメニューをと考えて、餃子にした。コープの皮が買ってある。豚ひき肉にニラを刻んで手で混ぜれば簡単に具が出来る。皮を包むのを手伝ってもらった。イタリアに住んだこともあるアンはこれを「ジャパニーズ・ラビオリ」と呼び、初めて食べるという。卓上の電気プレートで焼きながら食べた。キャベツとベーコンの煮物を添え、デザートに抹茶小倉アイスを出す。予想どおり抹茶風味のアイスと甘い小豆は彼等の食欲を充分に満足させた。

十六日、最後の宇部ステイの日である。午後には湯田温泉に行く。午前中、パッキングはアンの仕事だそうだ。布団を上げた八畳で記念写真を撮った。建築家であるピーターは我が家の日本建築に目を注ぎ、木材とその加工技術の素晴らしさと精緻さを褒めてくれたので、お茶室も開けて見せた。昭和時代の大工さんの最後の仕事である。普段は用心のために板戸を開けないのだが、そのように興味をもって観賞してくれる彼等には見てもらった。

お昼は銀杏飯をしかけておいた。友人宅の庭からもらった銀杏は殻や甘皮を取り冷凍していたものだ。ちくわの中にキュウリ、人参、ウドを入れて斜に切る。コープのインスタントみそ汁に三つ葉をたっぷり入れる。外の縁側で食べた。食事の終わる頃、食べ物の匂いと陽気にさそわれ蜂がテーブルの上を舞う。午前中から庭でスケッチをしていたピーターの手には、すでに蚊かアブに刺された跡があり腫れていた。食後のコーヒーは家の中で飲もう、と早々に家の中に引き上げる。「お天気である限りランチは外で」が彼等のタコマでの常識だが、日本では四月でもこんなふうに外は亜熱帯気候で虫や蜂の活動が盛んである。庭で食事をする習慣があまりないのは、こんな理由もあると、納得がいっただろう。アンがスターバックスのインスタントコーヒーを淹れてくれた。私の部屋でご要望のちりめんの着物と楽の茶碗を見せた。宇部ステイの時間はあっという間に過ぎていった。

湯田の松田屋旅館に着いたのは五時を過ぎていた。着物姿の美しいサワさんの英語を交えたご案内を受けた。館内は女性団体客が投宿で、大きい風呂は混み合っているので、アンと私は家族風呂に入った。二人が湯船に浸かると湯が洪水のように洗い場に流れた。やはり大浴場でゆっくり温泉浴を楽しみたいものだと、私は残念に思ったが、アンは気にせず脱衣所の鏡でツーショットの写真を撮り満足気であった。

入浴後、浴衣と羽織の温泉客姿、スッピン顔のままで、サワさんに促されて広間に通された。緑濃い

松田屋の玄関で

日本庭園をのぞむ、明治時代の日本建築のお座敷である。初めに抹茶とお菓子をすすめられた。私はアンが午後には普通の日本茶さえ入眠にさしさわると避けているのを知っていたので、サワさんにほうじ茶に変えてくださいと伝えていると、アンは「今日は特別の日だからかまわない。抹茶をいただきます」と言うのだった。この老舗旅館滞在は私の彼等への返礼なのだが、彼等が日本情緒を充分楽しもうとしていることが嬉しかった。和食のフルコースは桜をテーマにしていて二時間におよんだ。畳に座椅子はほんとうに辛かったかもしれないのだが、ここは全てが優雅だと言って楽しんでくれた。

九時過ぎにそれぞれの部屋にひきあげた。彼等は日本の文化を堪能したが、身体的にはきつかったであろう。私は不自由な外国語で会話するのに疲れて、早々と寝た。

11　女だけの話　四月十七日

アンが我が家にホームステイをすると計画した時、彼女は「without men＝男なしで」話そうね、と言っていた。アンのように仕事をもち家事は夫に任せるような女性でも、男に聞かせたくない「女だけの話」があるのだろうか。何でもわかり合っているように見えるアン&ピーター夫婦にも、異性にはわからないと思われる話題があるのだろうか。ちょっとひっかかる言葉だったが、我が家にステイしている間は忙しくて、アンと二人きりでゆっくり話す暇はなかった。

彼等との六日目は、夫をおいて私だけが、湯田温泉に行った。私が家で彼等をホームステイさせている日々は、食事のことやさまざまな対応できっと充分に話はできないと思い、ちょっと贅沢だが、彼等と一緒に外泊したいと湯田温泉の一泊を入れておいた。家にいては雑事から解放されないからだ。

最後の晩、松田屋二階の広間で美味しい和会席の料理を楽しみながら、いろいろな話をした。ピーターが廊下の椅子に座り日本庭園を一人眺めていた時、アンは私にタダシとはお見合い結婚かと聞いてきた。どうして結婚したか、という女の話になった。

「正式なお見合いではないが、まあお見合いにちかい。外で紹介されて会い、結婚した」と答えた。それに付け加え、自分でも今まで気がつかずにいたことを話していた。「私がタダシと結婚したのは、彼ゆえではなく彼のハウス＝家、ゆえ、かもしれません」と言っていた。その前の話題が、住まいに関することで、彼等は「ここ松田屋はすばらしい、セレーンだ＝とても穏やかで安らかな気持ちになる空間だ。日本の木造建築の技はすばらしい。モトコが私達をホームステイさせてくれた部屋も昔ながらの木造建築でとても居心地がよかったよ」と我が家の母屋の造作や、日本建築の良さを話題にしていたので、その流れにのったのかもしれない。事実、私は彼の家を見て結婚を決めたわけではない、彼の話に魅かれて結婚したのである。彼と会ったのは町の喫茶店だし、彼の家を訪れたのは結婚を決めてからである。しかし、このように長く彼の両親と同居し彼等の建てた家に住み続け出て行かなかったのは、この家の立地と木造建築の美しさ穏やかさに魅かれていたのかもしれない。が、今まで意識したことはなかった。不自由な外国語での会話では無意識に押し込めていた真実がポンと出てくるようだ。

するとアンも「このことはピーターにも話していないが、私がオーストラリアの両親にピーターと結婚すると伝えた時、母に『あなたは彼に魅かれたのではなく、彼の家に魅かれたのではないか』と言われた。当時ピーターは建築家の卵で小さなとてもシンプルな家に住んでいた。確かにそれは私の好みだったが、自分ではちっともハウスを意識していなかった。母は娘の心の真実に気づいていたのかもしれない。女の結婚の動機は女自身にもわからないものね」と言うのだった。女の結婚の話、これは「男なしで」こそ、真実や本音が語られるのだろう。

十七日、自動車で新山口駅に向かう車の中、アンは運転する私に今回の旅の感謝を多々述べていたが、こう話を続けた。

「このようなすばらしい旅を私達は人生の中で経験するが、我が息子ジェイソンは決してしないであろう…、残念だ…。彼の妻ネッタは確かに子どもを扱うのが非常にうまい。その才能で幼稚園を経営している。しかし彼女は異文化などにぜんぜん興味がない人、私達の旅の話を聞いたこともない。本を読むことも彼女の人生にはない、本のない人生とは、信じられない!ジェイソンは音楽家でネッタの幼稚園を手伝っている。男は妻の影響を受けやすいものだ。こんな私達に育てられたジェイソンも異文化への興味などは次第に失っていっているようだ…」

あー、これは息子の妻、つまりお嫁さん、への不満を述べている姑の嘆息だ。洋の東西を問わず嫁姑の軋轢、息子への不満は「お嫁さんのせいで」と語られるのだなー。「女だけの話」とはこのことなのか！ 私に息子を失っていく寂しさを聞いてもらいたかったのか、それも嫁ゆえにと言う愚痴を言いたかったのか。助手席のアンは後部座席に座るピーターは目に入らないようだ。ネッタとその母親の偏狭な人生を異国の女に語るのだった。

ほどなく新山口駅に着いた。十一時六分発ののぞみ号で東京に行く彼女達を見送ってホームまで行った。お互いに素晴らしい六日間のお礼の言葉を述べて西欧流にハグした。身体を離して見つめ合うと、アンは目を真っ赤にして滂沱の涙をぽたぽたと落とした。私も泣きそうだった。しかし泣けなかった。感情にまかせる余裕がなかった。思いは、早く家に帰らねば、だった。

六日間、家のことを忘れてアン達のホームステイのことしか頭になかった。しかし家には、夫の老化の問題もある、九十七歳の義母の容態も気がかりだ、そんな日常が待っているのだ。思い切り泣けばよかったのに、と運転をしながら自分が恨めしくなるのだった。アンは後にメールで、あの時の涙は、「七十代になる私達が再びこうして会うことはないだろう。モトコはこれから家に帰ればタダシのことも心配だろう、お義母さんのいろいろな問題もこれから起こってくるだろう、そんな前途多難なモトコを一人おいていくのが辛い、そんな涙だった」と書いていた。本当にそのとおり、私もアンの胸をかりて素直にワッと泣けばよかったのに、そんな余裕すらなかった自分が今でも可哀相で胸が痛くなる。

ひょんなことで交流が始まり十年、言語の障害があっても、あるいは、あるが故に、お互いに率直にならざるを得ず、それ故に深い交流ができたのではないかと思う。アンとは再び直接会うことはないだろうが、メールで交流が続くだろう。彼女はスカイプで話そうと言っているが、私は英会話に自信がないので、相変わらずの辞書を片手のメール通信しかできないだろう。それでも「女だけの話」をしてお互いにストレスを発散し老いの無聊を慰めたいものだ。

風呂上がりの２人

12　スリッパと塗りの箸（文化考）

日本の生活の中で全くポピュラーな物、私達には何の問題も感じない物で問題があると認識したのは、ホームステイも後半になってからだ。日本式生活で当たり前に使われるスリッパと塗りの箸。これはまさに「滑り易い（slippery）」もので熟年の彼等を悩ませたようだ（と今にしていろいろ思い出し、もっと配慮してあげればよかったと反省する）。

今年の春は寒かった。我が家の日本家屋は昭和の産物、「夏を旨とすべし」の古来の思想で建てられている。彼等に使ってもらった座敷は午後の日が当たるまで寒い。玄関やトイレ、洗面所、台所は北側で一日寒い。私は家事をするために移動する時はもちろん、座っている時以外は室内履きを履いていた。暖かい裏毛付きで底はバックスキンの柔らかい物である。フローリングの床はもちろん、畳の上でも違和感なく履いていられる。我が家では同じ物が三足用意してある。子供達の冬の帰省時のためである。集中暖房や床暖房のない日本家屋で過ごしてもらうには、ヒーターと石油ストーブで暖房するにしても、足下が寒いに違いない。彼等が来訪した初日にすぐにこの室内履きスリッパを使うように勧めた。廊下はもちろん、お座敷、畳の上も構いませんよ、室内は何処でもこれを履いてくださ い、と、玄関で靴を脱いだ時点で勧めた。現代の日本住宅でお客様としてリビングルームに通される時、玄関には瀟洒なブランド物のスリッパが用意されているのはよくある風景ではないか。リビングルームを進み、お座敷にあがる時はスリッパを脱いで畳の上に進み座布団に座るだろう。我が家で彼等に用意した座敷は二部屋、一方は布団を敷くための八畳、寝転がって寛ぐにはよいだろうが、座して何かするのは、西洋人には辛かろう（彼等は外反母趾と人工膝関節を持つ熟年であるし）、と、もう一方の畳部屋にテーブルと椅子のセットを置いた（朝食を取ったり、手紙を書いたり、調べものをしたりの雑事が椅子に座ってできるようにと）。床材は畳だけれども普通のリビングのように使ってもらおう、スリッパ履きで廊下と同じ感覚でよい、と言ったつもりだった。フローリングのダイニングルームも畳敷きを含む居間も、この室内履きのままお使い下さいと言った。彼等はＯＫ、ＯＫ、と理解したようだった（明くる日ピーターが家の中で履くようにこれを持参したのだが、と言ってゴム草履を出してきたが、それは畳や廊下で履くものではない、ビーチや外で使う物なので、即、お断りした）。

不思議なことに日本式生活には色々なスリッパ類（足を滑り込ませてはく室内履き）が存在す

る。我が家では裏がバックスキンの柔らかな室内履き風スリッパ、お手洗いにはトイレ用のスリッパ、庭に出る時にはツッカケ（かかとのない外用スリッパだと思う）がある。辞書でslippersを引いてみると軽い部屋履き、かかとの付いたスリッパ、上履きとある。日本式のスリッパはmuleまたはscuffというらしい。日本の家庭では室内用のスリッパ、トイレ用スリッパ、庭用のツッカケ、この三種類の滑り込ませ式foot wear履物は普通であろう。我が家には台所用にもう一つ底が普通のビニールのスリッパを私用に使っている。これは台所仕事をする時食べ物や水や汁がこぼれ、スリッパがそれで汚れた場合、そのスリッパの汚れが家中に拡散するのを避けるために、台所だけで使っている物だ。台所仕事をしない人、主婦以外には必要ないが、夫は皿洗いの家事をしたり調理を手伝うので台所に来ると台所スリッパを履いている。アン&ピーターには室内履きで台所を使っていいですよと言った。

この踵のない履物が苦手だということに気づき始めたのは何時だったたか、私も料理や通信や運転で忙しくしていたのではっきり思い出せないが、四日目、外の庭でランチを取り、縁側から家の中へ戻る時、ピーターが裸足だったので急いで庭履きのツッカケを勧めた時かもしれない。ピーターはツッカケで飛び石のある庭を歩くのがとてもナンギそうだった。その後、湯布院の民宿が靴を脱いで室内スリッパに履き替える方式だった。入り口でちょっと混乱があった。部屋は階上だったので、スリッパで階段を上がるのがぎこちなかったから、脱いで手に持ってもいいですよ、と言ったが、彼はスリッパを使った。外の温泉にはさらにツッカケに履き替えて行かなければならなかったが、入室した後、我々はそれぞれ独自に行動したので彼の足下への配慮はもう忘れていた。彼等の九州旅行から別れて私達は帰宅したが、彼は玄関のタタキで室内履きスリッパを脱ぎ、靴を履いていたことは、脱いだ室内履きスリッパがタタキ（靴脱ぎ置き場）に揃えて置いてあることからわかった。彼は真面目な人なので自室を出たら、廊下から玄関までは室内履きを履かなければいけないと思っていたのかもしれない。彼の足は私と同じ外反母趾で、手術をしたこともある。slipperyスリッパリーな、つまり滑りやすい、扱いにくい履物を履かされて、彼の日本旅行は大変な異文化体験であったであろう、と今にして同情する。それに比べ、アンは室内ではほとんど裸足だった。私が用意した室内履きはベッドルームの片隅に放られていた。彼女の膝関節は人工のものを去年手術で入れている。来訪すると間もなく傷跡を見せた。正座や長い歩行は避ける、私の小さな自動車の座席は助手席で足が伸ばせるように、と私は配慮していた。アンは何ごとも素早くさっさと行動し無理はしないし、はっきりと自分の要求を言うので配慮もしやすい。ピーターはとても真面目に人に合わせる人なのだ。最後に松田屋ホテルの和式庭園に案内された時、やはり庭園には専用のツッカケを履いて出たが、あの美しい回遊式庭園を巡ろうともしなかった。その事態で私もやっとはっきりと気がついて、明くる朝は自分の靴で庭園に入るようにと言うことができた。もっと早く何処でも自分の靴を使うように、また、室内履きなどは嫌だったなら履かなくてよいことを伝えるべきだった。ごめんなさいね、ピーターさん！

滑りやすいものでもう一つ配慮が足りなかったものは、塗りの箸だった。お客様にはふっくらと丸い輪島塗の箸を箸置きと共に出していた。私達は普段使いの竹の箸、角材にちょっと角がとってあって箸置き無しでも転げないものを無造作に使っていた。彼等は十年前初めて日本旅行に来る前に箸の使い方をしっかりと練習したらしい。そして招待されたホテルの結婚式の披露宴の会場に入った時、並べられたナイフフォークを見て、お互いに顔を見合わせて笑ったそうだ。自分達の努力はいったい何だったのか！　と。そんな話をアンはして日本では自分たちも当然箸を使うことに決めていた。二日目の夕食の時、アンは私達の箸と自分達に添えられた箸を見比べ、「私達の箸は、貴女達の箸より滑りやすいと思う。貴女達のような箸を私達も使いたい」とおっしゃる。さて、こんな普段使いの箸の予備はあったかしら、と見回すが、菜箸くらいしかない。あとはお弁当用の割り箸が残っている。そこに目がいくと、アンも素早く反応して、「それ、それがよい」とおっしゃる。確かに割り箸が一番滑りにくいだろう。しかし日本の夕食膳の箸としては不似合いだが…。彼女は私の美意識にはおかまいなく、紙袋を破り割り箸を上手に使い、豚チリ鍋を食べた。以降、我が家滞在中はその割り箸が彼等の箸として洗っては何度も使われた。

後日、純日本式旅館の松田屋での和風懐石膳で出た上等の袋入り割り箸は、美しく使い勝手もよく、アンは持って帰ると主張した。「これは後で捨てる物なのでしょ？　持って帰ってもいい？」松田屋の若い仲居さんは戸惑った。お客様によごれた箸を持ち帰らせてもいいものか、と。「あ、あ〜、明日の朝、新しい物をお持ちしますので……」彼女はまだ仲居歴二ヶ月、英語で接客をと、自らかって出たのだが……宿の品格を落としてもいけないし……。結局、翌朝の朝食用の割り箸は両端がほっそりとした長めの使いやすい上等の割り箸であったので、アンはそれを取り収めてお土産に持って帰った。美しい紙袋には入っていなかったのが残念であったが……。

「スリッパと箸」は彼等が日本旅行をする際に最重要注意事項だったに違いない。「日本ではスリッパに注意してね、トイレで使ったスリッパをうっかりそのまま履いて部屋に戻らないように！　It is too embarrassing!　旅館では靴を脱いでスリッパに履き替えます。普通自室以外では裸足では歩きません」と言われてきたにちがいない。膝や足に問題を抱える七十歳と七十六歳の熟年であるが、「郷に入れば郷に従え」というモットーで旅行しているので、slipperyな（不安定な）スリッパを履き、箸を使って和食を食べる。そのチャレンジ精神には本当に感服した。我が家で出された箸が塗りでslipperyな（つるつるして滑りやすい）ものであったのはお気の毒でしたが。

タコマの流木と常盤公園の桜枝でアレンジ

Ⅱ　ブレイク

自分で作った「モトコの休日」

ちょっとここで熟年世代高齢者の「幸運な中休み・ブレイク」の昔話にお付き合い下さい。我々が親世代つまり超高齢者九十一歳在宅の介護を担っていた頃のお話です。「ニホン」で勝ち得た介護の「休日」でした。夫タダシと共に楽しんだこの休日をどのようにして得たかを、県内で開かれる同窓会の会合で話させていただきました。同窓生は昔の「学芸学部・英文科・数学科」や「国際関係学部」の女子卒業生で三十人にも満たないうちわの会でのお話です。

「NOVAで準優勝」（同窓会でのスピーチ）

今日は演題のような自慢話をさせていただきます。年寄りの昔話としてお聞きいただけたら大変嬉しいです。お聞き苦しいところは、同窓のお仲間のよしみでどうかお許しください。

さて、NOVAというのは、駅前留学と称しまして、全国に展開しています外国語会話スクールです。生徒数五〇万、六〇〇教室、英、仏、独、中国語などネイティブスピーカーと勉強するとうたっています。この会社が、毎年秋に「生徒の努力を讃えたい」ということで、「レベルアップコンテスト」への応募を募っています。スクールの宣伝の一環です。

「外国語を身につけて叶った夢や叶えたい夢」
「異文化コミュニケーションの体験談」
「語学習得のためのトレーニング方法」など、A4一枚の応募用紙に綴って応募します。日本語でオーケーです。スタッフのお姉さんによると必ずしもレベルがアップしたということも必要ない、是非応募してくださいい、とのことでした。前年の冊子を見ますと、応募者三万通、そのうち三〇〇名が入賞して、東京のホテルで開かれるパーティーに旅費付きで招待されると書いてあります。

その頃私はNOVAの生徒でしたが、同時に家に縛られていてストレスをためていました。東京の同窓生や姉などから出ていらっしゃいとお誘いはあったのですが、決定的な理由がありません。それでこのコンテストに応募して入選したら理由ができる、と思い立って、応募しました。三万通から三〇〇に残るようにですから、目立つように文を考え（熟年ホームステイ、コミュニケーション、介護、熟年離婚などの言葉をちりばめた）、写真も付けました（写真やイラストも歓迎ということだったのです）。アピールした点は、熟年こそホームステイをしよう、日本人から現地の人へ情報を発信して一方的でないコミュニケーションを図ろうということです。四年前に私は二週間アメリカのタコマ市でホームステイをして、その体験を本にして、自費出版をしました。皆様には読んで頂き色々励ましてもらいました。その後、ホストの強い要望で英語版を書くことにしました。日本人の熟年ホームステイは流行になっていますが、ホスト側は何故日本人熟年層がこうしてやってくるのか、日本人がステイで何を感じたか、必ずしも理解していないと思います。その辺のことを、こちらからホストの言語で情報発信する意義もあると思いました。それに、家に縛られた状態で暇つぶしにも丁度よかったのです。

英語ヴァージョンを書くのに半年以上かかりました。しかし、自分の英語に自信がありません、ネイティブ・チェックを受けたいと思い、それが可能なＮＯＶＡに行くことにしました。個人レッスンで五ヶ月位かかりました。お金も、通常のグループレッスンが1ポイントで受けられるところ、4ポイントですから、四倍かかりました。で、英語版のネイティブ・チェックをしてもらって大変良かったと言うようなことで、応募しました。目論みが当たりまして、今年一月末、帝国ホテルでの入賞者パーティーに招待されたのです。これで、東京に行く言い訳が立ちます。夫に義母の世話を頼んで、三泊四日の「東京の休日」をさせてもらうことになりました。同窓生や旧友に会ったり、お嫁さんとデートしたりしました。それだけで、大満足だったのですが……その上京当日のパーティーでのことです。な、なんと驚いたことに、準優勝者の発表で名前を呼ばれたのです。びっくりしました。目論みがここまで大当たりするとは！　副賞にヨーロッパ周遊旅行ペア招待までついていたので、天にも昇る心地でした。

何がアピールしたのかと、冊子などを見て考えますと、年齢と、ライティング、と言うことだと思います。受賞者は子供から中高生、若い人、中年、男、女、とバラエティに富んでいたほうが、主催者としてもよいわけです。私は六十代ということで、得をしました。それから、会話学校なので、話すコミュニケーションについてレベルアップした経験を述べた人が多かったなかで、書くことは珍しがられて、ＮＯＶＡではその方面でも助けになる、というアピールが受けたと思います。

ＮＯＶＡでライティングの指導を受けた時、感じたことを少しお話しします。

日本語版は勢いに任せて自然に書いたし、書けたのですが、英語で書く時には、時制と、誰の視点（ポイント・オブ・ビュー）で書いているのか、を意識するように厳しく言われました。視点を変えたなら、パラグラフを変える、行間を空ける、さらに、イタリックにするとか、の技法を習いました。書き方の技法みたいなことを習って、日本語の文章も、改めて文体を意識させられたのが非常に面白かったです。それから、英語では同じ語の繰り返しを大変きらう、代名詞にしたり、他の語に言い換えたりするように指導されました。電子辞書の類語辞典が役にたちました。

ここでちょっと、日本語版と英語版の違いをお話しします。日本語版では、「オールド・ヘーボンジーンのタコマの休日」と言う題名にユーモアと物語性を込めることができたのですが、英語版で「Holiday in Tacoma」では全然面白くありません。それで、物語性を明確にするために、日記の部分の主語は「私＝I」なのですが、前後の部分では、story tellerを登場させて、「モトコ＝she」が主語になるような書き方をしました。最初の英文が大切なので、アンの手紙から引用して始めました。私の日本語的英語では英文読者を引き付けられないと思ったからです。途中にもアンのメールを引用してメリハリを付け、私の日本語的英語をごまかしました。しかし、夫の批評では、「文が長すぎる、スピーチ・レベルが統一されていなくてギクシャクした文章」らしいです。学校英文法とラジオ会話と会話学校で習った会話文と、その頃読んでいた津田梅子先生の「The Attic Letters」のビクトリアン・イングリッシュのごちゃ混ぜでしたから。

しかしNOVAの先生は、外国語で一つの物語を書いたこと自体がすばらしい、ネイティブでない人が書いたのだからこれで充分だ、と誉めてくれました。私は大学を卒業する時、コンプリ試験で出て、卒論と言うものを書いていませんで、それが心残りだったのですが、この英語版を書くことが卒論だ、と思って頑張って書きました。四十年目にして卒論が書けたと安堵しています。

家で英語版を書いたり、ＮＯＶＡで駅前留学したのですが、これとストレスとの関係を少しお話しします。

私は、実は、英語にコンプレックスを持って大学を卒業しました。英語教師も少ししましたが、英語をものにしたという実感はもっていません。ですから英語は何時もストレス源です。会話学校でも何時もストレスいっぱいになりました。一方、英語では、ストレートに言うしか語学力がないので、日本語の曖昧な世界から解放されて、とてもフランクになれます。キザなことも言えます。日常語ではない世界にいけますので、英語の中に居る時は、非日常の体験で、大変ストレス解消になります。アンとのメールのやり取りや、電子辞書のお陰で、学生時代には苦痛でしかなかった英語が楽しんで学べました。これは、現代の文明の利器のお陰だと感謝しています。

ところで、副賞の「ヨーロッパ周遊旅行ペア招待」は嬉しかったです。我々夫婦はここ九年ほど、親の看取りや介護で、夫婦で旅行らしいものはできないでいました。夫が退職して、時間的には余裕ができましたが、夫婦で海外旅行に行くなんて、夢のまた夢でした。が、これは運命の神様の思し召し、夫婦で行く、大いなるエクスキュースを頂いたことになります。というわけで義母にショートステイに行くことを説得し、九日間のスペイン旅行を実現することができました。

めでたし、めでたし……。

今日は年寄りの自慢話を最後までお聞き下さり、本当にありがとうございました。

vement Award

9th LUC 2005 Level Up Contest

熟年でのホームステイ敢行
その体験を本にし、英語版も制作
ホストファミリーとの絆がより強く

**生きた英語を身につけるため
飛びこんだ「熟年ホームステイ」**

生きた英語を身につけたい。これは私の長年の夢でした。英語の非常勤講師として高校の教壇に立つこと16年。日々英語をあつかってはいるものの、内容は文法や読解が中心でした。子どもたちも独立し、リタイアした夫との熟年パートナーシップを立て直したいという思いも相まって、58歳のときに初めてのホームステイを敢行。アメリカのタコマ市に住む夫婦の家庭に2週間滞在しました。同年代のホストマザーと、老後や介護、女性学など、共通して抱える問題を語り合うなど、充実した日々を過ごすことができました。

昔から旅行記を書くことが好きだったのですが、とくにタコマでの日々は刺激に満ちていて、熟年ホームステイならではの経験あれこれを帰国後一気に書き上げました。夫や友人たちもとても楽しんで読んでくれたのですが、友人のひとりが「せっかくだから本にしてみたら?」と。思えば、私がこの年での海外単独渡航を考えたのも、熟年ホームステイを紹介した新聞記事を目にしたことがきっかけ。とくに同世代の女性の方々にとって、一歩を踏み出すための助けとなればと思い、自費出版に至りました。

**ホストファミリーに読んでもらいたい
自著を全訳するためNOVAへ**

『タコマの休日』と題した私の本は、朝日新聞の「おとなの時間・本」という記事のなかで紹介され、読者の方からお声を頂いたりと、嬉しい出会いがたくさんありました。そんななかで、この本を英訳し、ホストファミリーに読んでもらうことを思い立ちました。ホームステイ者側からホストファミリーに向けての情報発信を「ホストファミリー側の言語で届ける」ことは、より深い相互理解につながるはず。思いを強くした私は、せっかくなら納得したものをつくりたい、と、ネイティヴの方の指導を受けられる場所を探して、NOVAの門を叩いたのです。

**駅前での留学で
介護のストレスも解消**

NOVAを選んだ決め手は、マンツーマンレッスンとグループレッスンが自由に選べること。1対1のレッスンで、英訳のためのライティングの指導を受け、表記や編集、校正などの助言をいただきながらじっくり英訳を進めました。グループレッスンでは、英語ならではのストレートなコミュニケーションをとおして友人もできやすく、新しい方々との出会いや交流を楽しんでいます。世界中からやってきたインストラクターと出会えるNOVAは非日常の世界。介護のストレスも解消でき、なかなか家を空けられない主婦という立場でも、駅前にさえ足を運べばすぐに海外気分になれる。まさに「駅前でできる留学」だったのです。

入学から5か月。ていねいな指導のおかげで、満足のいく全訳を果たすことができた私は、数部を自家製本し、ホストファミリーはもちろん、現地のお世話になった方々に送りました。この英訳版を通して、ホストマザーとの関係はさらに親密なものに。メールや手紙のやりとりはもちろん、彼女の訪日も計画されています。英語でのコミュニケーション・スキルをさらに磨くべく、これからもレッスンを楽しんでいきます。

準優勝

宇部校
浅井 素子さん
主婦/61歳
駅前留学

レベルアップの軌跡 英語
'05年4月
LEVEL 3

2006年3月発行「NOVA CITY」誌面

Ⅲ　ウベの休日　ホームステイさせる日記

1　ベッツィから最初のメール

ことの始まりは二月二十七日、タコマに住むアンからの一通のメールだった。

「私の友達のマーサ・アンを覚えている？　彼女の娘ベッツィは大きな仕事を終えて退職金を手にし、夫と共に九歳と七歳の子供を連れて世界旅行をしている。彼等は今チリにいて、次はニュージーランドに行き、四月には日本に行く。京都に六泊した後どこか南の方で二、三泊したいと言っている。モトコあなたは自分の家への泊まり客歓迎と言っていたよね？　私達が貴女の家にホームステイさせてもらったように彼等のホームステイはどう？　この件は四月半ばのことなのだけれど、もし興味があれば私はメールで貴女とベッツィを結びつけるわ。直接話し合ってね。タダシの病気のことは言ってあるよ」

　私はメールを返した。

「おもしろそうね。タダシと猫アミとの毎日はとても平凡、私、飽きあきしているの。私は好奇心旺盛だし、外国人や外国文化には興味津々です。ホームステイの受け入れできたらなーと思います。タダシは住み慣れた家での生活には問題ないようです。私も彼の病気は家で世話する方がやさしいしリスクも少ないと思う。ただ、今は八十六歳になる兄が病気で心配……どうなるか……。たぶん四月には落ち着いていると思う……。ベッツィさん達が猫アレルギーでないといいけど」

私は二〇〇二年にシアトル、タコマ市のアン&ピーターの所にホームステイをさせてもらった。その時マーサ・アンに会った。彼女は「スピリチュアルな会」のメンバー、心理学者でカウンセラーということだった。二〇〇八年の二回目のホームステイのお茶会でも会い、その後お礼のハガキをもらった。アンの友達の中でも特に親しくなれた人だった。ベッツィはそのマーサ・アンの娘さん、興味をかき立てられる。

アン&ピーターが我が家にホームステイした時、畳に布団の和式住居をとても楽しんでくれたので、私は「貴女達の友達は誰でも我が家に泊まっていいですよ」と言っていた。その後タダシの病気アルツハイマーが発覚、私達は家にいることが多くなった。夫を置いて一人で旅行に出かけることはできない、二人で出かけるのもせいぜい一、二泊の国内旅行、海外旅行など環境の大変化に夫はとまどうと思うので海外旅行に行ったことはない。私はこの平々凡々たる毎日に耐えられない。このアメリカ人ホームステイ客の受け入れは大きなチャレンジだが、毎日の退屈を紛らわせてくれるだろう、できたらいいなーとアンのメールが嬉しかった。

アンは「彼等はいい人達で貴女がOKしたらとても喜ぶよ。毛足の長い犬を飼っているから猫アレルギーは問題ないと思う。ところで宿泊代はおいくら？」と聞いてきた。「二、三日の宿泊なら宿泊代はいりません。でもよく考えると私達は孫もいないし子供の扱いにも慣れていない、子供達は私達の小さな家で退屈しないかしら？ 兄のこともあるので少し時間を下さい」とちょっと躊躇するメールを返した。娘と息子に相談すると「二泊三日ならいいんじゃない。オトウさんには、私の楽しみのためにアンの友達を泊めてあげたいの、と言えば」と言ってくれた。私は「メールアドレスをベッツィに教えてもかまいません」とアンに返事した。二月二十八日のメールで、アンは「貴女はイエスと言ったのだね」と確かめた後、ベッツィに私のメールアドレスを教え、「あとはお互いに直接話し合ってちょうだい。何か助けがいるなら何時でも相談にのりますが。これはお互いにすばらしい経験になると思うよ」とメールアドレスをベッツィに知らせた。アンは同時にこれまでの私とアンのメールのやり取りも付けて、ベッツィにメールを送った。アンは私達をメールで結びつけると退場していったのだ。二月の終わりだった。

その後やはり兄の容態が悪くなりメールを開けることも途絶えがちだった。ついに三月六日に兄を見送るまでいろいろ心ふさぐ日々を過ごした。しかしながら小さな子供という命の存在がパソコンのむこうにあることは心慰められることだった。ついに三月九日ベッツィからアンと私にメールがきた。アンには自分とモトコを繋いでくれたお礼が述べられていた。私には「メールを通じてお会いできるのは嬉しい」というご挨拶に続いて、自分と家族を紹介する長い文が書かれていた。英文は簡潔でわかりやすいものだった。

ここでベッツィの自己紹介メールを書いてみよう。

「こんにちは、モトコさん。メールを通じてお会いできて嬉しいです。ここに私達一家のことを少しお知らせして、貴女が私達一家をホームステイさせてもかまわないかどうか考える一助にして下さい。私は四十五歳、夫のブライアンは四十八歳、私はタコマ出身でそこでブライアンに会いました。結婚して十七年になり、二人の息子がいます。ヘンリー九歳とヒューゴ七歳です。私達二人は専門職従事者です。私は大学を卒業して金融機関で仕事をしており、ブライアンはもう少し上の資格を持って自分で教育関係のプログラムを制作販売しています。私達は七ヶ月の休暇をとり子供を連れて世界旅行をしています。家族一緒に過ごし、子供達に世界の文化を紹介し歴史遺産や芸術を見せたいのです。子供達は読んだり書いたりが大好きで、都市よりも田舎の方が好きです。家に置いてきた犬や猫を懐かしがっています。子供達は時にはエネルギーにあふれ男の子として当然うるさい時もありますが、私達は言うことを聞くようにしつけ、子供達はよく従います。彼等も日本に行くことを楽しみにしています。

これからニュージーランドに行き、東京には四月七日に着きます。二週間のＪＲパスで西日本を旅する計画です。その期間に宇部のお宅に泊めていただけたらとても嬉しいです。何か質問がありましたら何なりと聞いてください。私達のホームステイのことを考えて下さりありがとうございます。ご都合のよい折にまたメールしてくださいませ、楽しみにしています」

こうして「モトコのホームステイさせる」プロジェクトは動き出した。

2　日取りの決定と迎え入れ準備

ベッツィからのメールを見たのは寝る前だった。彼女の英文はとてもわかりやすく私の頭もたやすく英語モードになったので、とりあえずその夜のうちに「貴女と貴女のご家族にお会いできたら素晴らしいです。詳しくはまた」と短いメールを返した。その後五日間は「やさしい文章教室」発表会があり、頭はすっかり日本語モード、ベッツィへの再信の約束も延ばしていた。十二日午後やっと英語モードの時間を作れて彼等の我が家滞在をイメージした第二信メールを返した。

「ベッツィさん、貴女とご家族のホームステイをさせるのはとても興味深いです。我が家では三室の畳の部屋とキッチン、トイレ、バスルームをお使いいただけます。宇部の我が家でどう過ごすか、アイディアはいろいろあります。例えば常盤公園です。最近リニューアルした常盤動物園では珍しい猿が見られます。子供達は遊園地で観覧車などの乗り物も楽しめます。宇部郊外の温泉にいってもいいですね。夫のタダシはちょっと記憶に問題がありますが、とても穏やかで心やさしい人です。彼は私が元気で機嫌良いことが一番の幸せと思っていますので……またはっきりとしたメールを書きます」

その後ベッツィと二、三回のメール交換をした。私にとって、頭を英語モードにし、メールを英作文するのはなかなか時間をとる作業だった。しかしベッツィからのメールが着信すると嬉しくていそいそと開けたものだ。そんななか、ベッツィと息子ヒューゴの写真があった。チリで参加した料理教室で写したとのこと。二人は朗らかで善良な人柄に見えた。「これからニュージーランドに行き、そこでは現地の学校に行けるのが嬉しい」というメールもあった。また私の兄の逝去にお悔やみを述べ、タダシにとってもよい客になるよう努めると書いたものもあった。タダシのことで逡巡している時は「今後貴女ができないと決定を下しても私は理解するでしょう」という文もあった。私の車がポロで充分大きくないことに対しては「駅までのお迎えも宇部での観光案内もいりません。アドバイスをいただけたら自分達で動きます。その日の夕方いろいろお話しできたらそれで嬉しいです」という返信だった。

私は三月十六日、やっと彼等のホームステイを確かに受け入れる旨をメールした。「日本旅行にいらした折、もし日本の普通の家庭に興味があれば、二、三日、我が家にホームステイして下さい。私がアン&ピーターの所でホームステイして学んだように、ホームステイは異文化を学ぶとても良い機会になると思います。我が家は日本の地方の生活様式のひとつのサンプルです。お使いいただく畳部屋三室とキッチンは母屋のもので少し古いですが、私達夫婦には別にミニキッチンとダイニング、ベッドルームがありますから、遠慮なくご自由に使われていいです。ここで私達のことを少し紹介します。私は七十一歳、タダシは七十九歳、二人共英語教師の仕事をしていました。今はリタイアして猫一匹と暮らしています。タダシは私ほど外国の言葉や文化に興味をもっていません。毎日の家での生活には病気の不都合はなく、元気に穏やかに暮らしています。貴女方の訪問はちょっとしたよい刺激になると私は思います。何より私が貴女方にとても興味を持ちお会いできたら嬉しいと思っているのです。タダシは妻が生き生きとして喜んでいることが嬉しいのですから、きっと彼も喜ぶでしょう」と書いて送った。と同時に彼等が使う座敷に座る私達の写真を送った。ベッツィはすぐに自分達のホームステイ受け入れを感謝し、私達が親切そうで親しみを感じたと述べた。双方ともにメールと写真の交換でお付き合いがはじまったのだった。

こんなやり取りがあって、訪問の日にちは四月十四日、十五日の宿泊となった。私はもう一泊してもらえば近くの温泉にも案内できるのにと思い、延泊の提案をしようかと息子に相談してみた。彼は「子供連れの親として適切な長さなのかもしれない」というコメントをした。なるほど、ホテルや旅館でなく、プライベートな空間で子供をコントロールしなければならないのは親としても大変だ。二泊三日、超短期のホームステイが決まった。

その後十日ばかりは交信がなかった。彼等はインターネットの環境が整わない所に行くのでと言っていた。アルゼンチンの田舎や砂漠地方に行っていたようだ。ニュージーランドから訪日を楽しみにしています、とメールがあったのは三月二十九日だった。京都から宇部へのアクセスは如何に、というメールに答えながら、私は二週間後に来る四人の泊まり客の準備を始めた。

我が家では一度に三人までの宿泊しか経験していない。まず布団を四組按配すること。この春は不安定な気候が続いているので寒い日もあるかもしれないと、毛布を毎日洗濯して四枚そろえた。掛け布団は四枚ある。敷き布団は熟慮の末一枚買ってきた。充分に厚い私のベッドパッドの一枚を提供してもよいのだが、自分がいつもと違う状態で寝るのは避けたいと思ったからだ。私がダーリン家滞在で学んだホームステイの基本は、「あるがまま」を見てもらうことにくわえ、「ホストファミリーの日常をなるべく乱さない範囲でステイしてもらう」ことだった。布団一枚の購入にも迷ったり屁理屈をつけたりして準備をはじめたのは、このダーリン家のポリシーが頭をかすめたからだった。タオル、シーツ、カバー類は充分にあるので問題はない。枕五つを含む寝具四人分を積み上げると二メートル以上になった。台所のシンクまわりと冷蔵庫は少し整理して使いやすいようにした。ぱっちりと綺麗にして主婦の見栄も張りたいが今は体力が追いつかない、いい加減にごまかした。準備は楽しくもあり、たいぎでもあった。

3　直前の準備と夫の機嫌

準備はそそと進めた。我々が日常使う区域には入れない計画なので毎日の生活にはなんの変化も見られない。一週間前になってやっと夫に言う。「来週はアンの友達が来るよ、畳の部屋で布団に寝る体験をしたいんだって。ベッツィさん夫婦と二人の子供、母屋の八畳と六畳に寝させるから大丈夫。常盤公園のお猿さんを見に連れていってあげましょう」とイベントの予告をしておく。実際に散歩の一環として常盤動物園に行き子供が喜ぶだろうと話しておく。

一方ニュージーランドにいるベッツィは、京都から我が家に着くまでのアクセス方法を調べている、とメールしてきた。新山口駅から我が家までがなかなか難しい。彼等四人はそれぞれ大きなリュックとショルダーバッグを抱えていて、ＪＲパスを最大限利用したいようである。宇部線を利用する便や宇部空港までバスを利用する便など考えたが、どちらも最後はタクシーで我が家までということになる。四人分の交通費をざっと計算してみると、新山口駅からすぐにタクシーで来る場合より少しは安いようである。いずれにしても地方の公共交通は不便で、宇部の我が家はそんな田舎にある旨を知らせ、私の小さい車ポロでよかったら迎えにいけると書き添えた。

　四月八日に京都からメールが来た。「日本に来ていてとても楽しいです。もうすでに日本が大好きになっています。宇部に行くのがとても楽しみです。十四日は午前中に新幹線で京都を発ち、午後山口宇部空港までバスで行きそこからタクシーで行こうと思います。タクシーなら私達の大荷物が貴女の車に入るかどうか心配しなくていいからです。運転手さんに貴女の住所を言いますので、日本語で教えて下さい。今まで日本で食べた物は全て私達の好みに合いました。きっとお宅でいただく料理は何でも好きだと思います」

　私はタクシーの運転手さんが見てわかるように家の住所を漢字で書き、実際に下ろす場所もわかるようにと、「バス停より五十メートル西より」と詳細まで日本語で書いたメールを打った。これをプリントアウトしてタクシーの運転手さんに見せたらよいのではと提案した。

　前日には台所の冷蔵庫と棚に種々の物をストックした。牛乳、ジュース、お茶のパック、簡易ドリップ式コーヒー、シリアル、ポテトチップス、自家製のパンと数種のジャム、バター、オリーブオイル、ベーコン、ハム、ソーセージ、それから果物籠にリンゴ、バナナ、オレンジ、キウイ、イチゴを盛り込んだ。これは彼等に朝食を自分達で作って食べてもらうためである。ダーリン家の方式である。朝食は好きな時間に好きなように自分達で取ってもらう。ホストは朝から煩わされない、タダシと私のいつものペースを崩さない。

二泊三日の短い交流、子供連れ、食事は六人前、日本の食事はどれも口に合っているという報告、日本食の紹介、私の英会話能力、私のエネルギー、といろいろな条件を考え合わせ食事のことを計画した。まず共に居る短い時間内に食事作りに時を割かれたくない、家事作業と頭の中の言語活動に分断される私のエネルギー配分もある。もうすぐ七十二歳になる自分のことを考えて、あらかじめ用意できるものは用意しよう、そしてできるなら外注も図る。一日目はライスカレー、これはもはや日本の代表食と言える。アンによると「カレー風味シチュー、ライス添え」ということになる。自分で作ってもいいが、六人前を手作りするエネルギーがない。さいわい「グリルおかもと」の岡本シェフに頼めば、一人前にパックされた美味しいカレーシチューを売って下さる、それを頼んだ。グリーンサラダは手作りしてそえる。二日目はにぎり寿司の出前を頼む。「出汁」は今や世界遺産に登録された「和食」の重要な一部である。昆布と鰹節から澄まし汁を手作りしよう。もし子供達がにぎり寿司をあまり食べられなかったらいけないと考えて、その時の備えに岡本シェフのハンバーグも六パック買い求めて冷蔵庫に入れておいた。いざとなれば、自家製パンでハンバーガーもできるという算段だ。

前日までにはほぼ準備は整った。夫に「明日からアンの友達ベッツィ達が来るよ、畳の部屋で布団に寝る体験をさせてあげようね」とこのプロジェクトのお定まり語句を言ったが、彼は「英語はもう忘れた」と取り付く島もない。「いいよ、全部私に任せておいて。私が英語を忘れないための訓練なので。貴方は全然気にしなくていいよ。私の楽しみなのだから、私が全部するからね」と明るく受け流す。モトコの「ホームステイさせるプロジェクト」はもうスタートしてしまっているのだから、それしか手立てはない。

四月七日、ベッツィ達はニュージーランドから日

母屋の座敷

本にやってきた。東京に一泊、浅草に行ったようだ。明くる日、新幹線で京都へ。そこでアパートを借りて六泊、京都御所、嵐山、伏見稲荷、奈良と広島へのワンデイ・トリップという日本旅行をしているらしい。ベッツィは子供二人を楽しませながらも監督しなければならない毎日だろう。自分達の好奇心とも折り合いをつけながら日本文化を味わっていたようだ。京都到着メールを発してから音沙汰はなかった。私は彼等に日本の家庭の一端を紹介するべく、私のできる準備は整えたが、人の、つまり夫タダシの、心の準備だけはままならず、思うように進まなかった。

4　ホームステイの始まり

四月十四日、ついにベッツィ達四人が我が家にホームステイする日だ。朝いつものようにタダシに今日の予定を告げる。「お昼からアンの友達ベッツィ達が来るよ。母屋の八畳と六畳に通すからこちらの私達の方は関係ないからね。よろしくね」と明るく言う。「本当に来るのか？　泊まるのか？　オレは知らん。英語は忘れた」と不機嫌な反応である。「貴方は『こんにちは、どうぞ』と言ったらすぐに二階に引っ込んでいていいからね。全部私に任せておいて」と応じるしかない。私は私のプロジェクトをなんとか遂行しなければならない。

一時半過ぎ、タクシーで新山口を出発するという電話があった。二時頃には我が家に着くだろう。天気はうららかな春の日、外の縁側でお茶をしよう。折りたたみ式の椅子とテーブルを広げ、ゴザを用意する。二時前には道路に出て待つ。新山口方面からのタクシーは東から来る。何台もタクシーを見送るがベッツィ達のではない。西から来たタクシーが反対車線で速度を落とした。私を認めるとUターンをして我が家の方の車線に止まった。ベッツィとブライアン、二人の子供達が降り立つ。「ナイス・ツー・ミーチュー」とお互いに笑顔で挨拶を交わす。トランクから大きなリュック四つが下ろされる。十メートル先の玄関前に運ぶ途中ベッツィが慌ててタクシーの所に戻ってきた。タクシーの座席に手荷物二つを置き忘れたらしい。タクシーが客を下ろしてすぐに立ち去らなくてよかった、と言っていた。一方私は待っている間にメガネを落としたらしい、家に入ってから気がつき、慌てて道路脇に探しに戻った。お互いに遠来の初めて会う人間同士、緊張で少々頭が混乱していたようだ。彼等は荷物を玄関のたたきに置いた。人声に誘われタダシも玄関に出てきた。笑顔一杯の一家四人、「こんにちは」と言うとすぐに次々と握手の手を差し伸ばして挨拶する。

家にあがってもらい、私は彼等をハウスツアーさせる。「こことここの部屋を使って下さい。ここはお茶室です。あとで外待合いでお茶しましょう。こちらがキッチン、お風呂とトイレは男性用と共用のウォシュレットがあります」と案内して回った。彼等の子供、ヘンリーとヒューゴが真っ先に興味をもったのは茶室の躙り口である。どういう仕組みで開くのか、その小さな出入り口の先はどうなっているのか、初めて見る日本の戸、出入り口の装置に興味津々である。入り口を出たり入ったり、障子窓を開けたり閉めたり、四畳半の畳部屋に寝転がり、和風の空間を楽しんでいる。

彼等の反応を楽しみしつつ、ふと気がつくと、タダシも一緒について回っているではないか。こんにちはと挨拶した後は自室に戻ってね、と言っておいたのに、彼も参加している。握手の効用か？　子供の引力か？　わからない。私は彼を巻き込む作戦に転じた。「このお茶とコップを外のテーブルに持っていって」「お菓子はこれとこれをカゴに入れて出してね」「外のゴザを広げて敷いて下さい」とお願いし、サンキューとありがとうを連発して彼に立ち働いてもらう。その間ベッツィ達には荷物を座敷に入れお茶の時間までしばし自室で寛いでもらっていた。

三時にみんなで庭に出る。ゴザの上に座ったり、外待合いに腰をかけたりして麦茶を飲む。ジャパニーズ・クッキーと言ってかき餅を数種出す。もちろん甘いクッキーも添える。子供達は塩味の海苔せんべいや豆せんべいを食べたが、やはりクッキーの方が好みらしい。もっと欲しい様子に、もう一箱開けましょうかと提案するが、ベッツィお母さんはこれで充分です、とお断りになる。なかなか厳しい母親のようだ。間もなく子供達は庭の中で遊び始めた。軒下の雨受けの小石は格好の遊び道具だ。見つけてきたダンゴ虫を小石で作った囲いに入れる。小石を積み上げてタワーを作る。いつの間にかタダシも子供達と一緒に遊んでいる。朝のあの不機嫌はどこにいったのだろうか、この調子で、と私はひそかに安堵する。私達の子供の写真を見せる。タダシと子供達の北アルプス頂上の写真、夏の列車旅の写真など思い出話をタダシとしながら紹介する。タダシには日本語で話しかけ、ベッツィ達とは英語で会話する。日本語と乏しい英語、両方を明るく使い分け、双方に同じ位の時間をかけるように気を使う。疲れるけれども自ら始めたプロジェクト、うまく立ち回らなければならない。ベッツィとはメールでお互いに情報交換しているのですぐに打ち解けることができた。

英語につまった時に助けになるかもしれないと、少々英語の資料を用意しておいた。まずこの出会いの元々であるアン・ダーリンのことを話題にするため、彼女が作って送ってくれた二〇一二年の我が家滞在アルバムを出す。また彼女が我が家での滞在中に息子に送った「宇部便り」メールをプリントアウトした。私の英語版「タコマの休日」にはベッツィのお母さんマーサ・アンのことを記した所に付箋を付けて用意した。英語につまった時、書いたものを見せれば先にすめる。子供達は読むことが好きといっていたので、今世界的に有名な本『137億年の物語』(日本語版だけれども)を紙袋に入れて持ち出す。お互いの旅の話でも盛り上がったが、用意したものもみな役にたった。英語版「タコマの休日」は滞在中暇を見つけては読んでくれて「タコマのことを懐かしく思い出した。貴女がどういう風に異文化を捉えたか知ることは私達にもおもしろい。『137億年の物語』の本は持っていないが作者は知っている。この本はぜひ欲しい、メモさせて」という反応だった。

夕食は六時と告げる。今日の献立はカレーとサラダだ。カレーは岡本シェフに作ってもらったものが六パック冷蔵庫に入れてある。温めればよいだけだ。午前中に大きい炊飯器を出し、お米を四合仕掛けた。いつも使う炊飯器はせいぜい三合しか炊けないので、昔の炊飯器をきれいに手入れして用意していた。彼等がお米を食べると聞いたのでホームステイ中の食事はライスと決めている。サラダは午前中用意した。グリーンサラダだが、鰹のタタキを角切りにして、ショウガ醤油で軽くドレッシングしたもの、をトッピングした。お昼過ぎに友達が茹でたての筍を持ってきてくれたので、穂先を薄くスライスして加えた。夕ご飯の用意はこれでオーケーとし、自室に引っ込んでしばし休息する。一日目、なんとかうまくいきそうだ。

差出人: Betsy Stumme
件名: Re: Putting you in touch with each other!
日時: 2016年3月9日 14:54:19 JST
宛先: Ann Darling
Cc: 浅井素子

Ann - Thank you so much for connecting Motoko and me. We are very excited to vis
about the culture and traditions by staying in a family home.

Motoko - Good afternoon, it's a pleasure to meet you via email. I would like to tell y
that you would be comfortable hosting us in your home. I am 45 and my husband B
been married for 17 years and have two boys, Henry and Hugo, who are ages 9 and
industry and have a college degree; Brian has an advanced degree and works for hi
7 months and traveling around the world with our boys. We are traveling to introduc
world, and also to spend time together as a family. The boys love to read and they l
animals, particularly cats, and miss their cat and dog who are at home in the USA w
is natural for boys, but we try to teach them to be respectful, and they both have go

We will be flying from New Zealand to Tokyo on April 7th and taking the train straig
we will have about 7 or 8 more nights before our 14-day rail pass expires and we ne
will spend those nights, but we would like to go further south and see some of the c
it sounds good you and if you decide you would be comfortable hosting us. We wou
your lovely home and garden. We would not want to be an inconvenience and woul
around Ube as needed, so that you would not have to pick us up in your car, if that

庭での記念写真

5　一日目の食事と団らん

さて夕食である。台所の四人掛けのテーブルに簡易折り畳みテーブルを加えなんとか六人の席をつくる。以前は六人用の楕円テーブルが置いてあったのだが、今それは私達のエリアに移動させ、テレビを端に置き朝食を取ったり事務をしたり、接客もしたりの多様な机となっている。この折のためにまたダイニングに戻したいと思ったけれども、家具を移動させるなどという力がもはやない。粗末なテーブルと椅子ながら、六人で夕食が始まった。私達大人は赤ワイン、子供達は清流水である。白いご飯に温めたカレーを添える。子供には少なめのご飯とカレーを皿にもる。サラダはテーブルの真ん中に出し、取り皿に自分で好きなだけ取ってもらう。岡本シェフのカレーはとても美味しく、ベッツィは「とても柔らかいお肉と最高にすばらしい味付けのソース」だと言っていた。「味の好みに一番うるさいヘンリーがとても喜んで食べていた」と彼女が後で言っていたが、実際、彼はみんなが終わっても席を立たず、母親を通じてお代わりを要求し、結局大人と同じ分量を食べた。ヒューゴはサラダの中の筍のスライスを好んで食べていた。

話題は彼等のしてきた旅、ヒューゴは台所に張ってある世界地図を指し示し私に説明する。子供の英語は聞き取りにくい。外国人（日本人）に聞き取りやすいように、などという配慮はまだないからだろう。ベッツィが時々明瞭な発音の英語で言い換えてくれる。彼等は一月にアメリカのサンディエゴを出発しチリで一ヶ月、アルゼンチンで一ヶ月、ニュージーランドで一ヶ月の旅をしてきた。ニュージーランドでは学校にも通ったらしい。日本には二週間の滞在予定。成田から入国、東京に一泊、京都に六泊して宇部に来たところだ。ブライアンは早速我が家のWiFiパスワードを聞き八畳のコンセントに自分のパソコンを繋いだ。

夕食を終えると後片付けだ。ベッツィは私を手伝ってキッチンに残る。ビルトインではなく小型の上置き式の食洗機に入るのは半分、あとは手で洗い拭く。私がボウルに残っていた少々のサラダを捨てようとすると、ベッツィは私の手を制し、自分が片付けると言って、片付けものをしながら立ったまま残りをみんなきれいに食べてくれた。食べ物を粗末にしない態度に感心した。シンクは流しが二槽式でなく広い一槽式で、今ではあまり見かけないが使い勝手のよい古いタイプなのだが、「シンクが広くていい」と言う。扉の中に隠したゴミ捨てポリバケツにもアイディアがよいと感心したりして、専業主婦の私に気を使ってくれる。

ベッツィのもう一つの興味は私のパソコンの文字に関してである。ベッツィとのメールはもちろんアルファベット、その一部に漢字で住所を書いて送ったのが不思議らしい。日本のパソコンのキーボードはどんなものなのか、見せて欲しいという。私は自分のノートパソコン・MacBookを持ってきてメール画面を開け、ローマ字をうち、仮名や漢字に変換をしてみせる。自分でも今まで意識せずに使っていたが、なるほどキーボードのキーはアルファベットとひらがなで、それを漢字変換してくれるWord機能が入っているのだ。有り難い仕掛けになっていることに今さらながら気づかされた。

私はベッツィとの会話を楽しみながらもタダシのことが気がかりだった。子供達は八畳で遊んでいる。気がつくとタダシも自分の部屋に引っ込んでいないではないか。手をかざして子供と遊んでいたり、六畳のテーブルでブライアンのパソコンを見ながら何やら交流している様子が見えた。彼も完全に私のこのプロジェクトに参加しているようだ。

彼等は入浴しないという。身体を暖めると入眠が難しいそうで、朝シャワーを浴びるのだそうだ。タダシにいつものようにお風呂を使ってもらう。

布団を台所のとなりの部屋から持ってきて八畳六畳に四つ敷き並べる。フラッフィな布団に大喜びで子供達は早速布団に潜り込んでいる。ベッツィは枕を二つ引き寄せた。子供達の様子をしかと観察管理できるようにしたのだろうか。後で知ったのだが、ベッツィはこの日の朝、京都で、子供の「おねしょ」という災難にあっていた。布団をできうる限りきれいにしたり、アパートのオーナーに連絡して謝り、その処置法を聞いたり、七歳の子の親として奮闘したようだ。今夜は失敗しないようにと、きっと寝る前に気を使ったに違いない。

ではおやすみなさいと、引き上げようとしたところ、家中の窓ガラスががたがたと鳴った。ベッツィと顔を見合わせた、地震だった。明くる日にニュースで熊本の大地震のことを知った。その夜は何も知らず、明日のエネルギーのために、といつものようにお風呂に入って早々に寝たのだった。

6　子供と共に楽しむ宇部

朝のニュースで昨夜の地震は熊本で起きた大きい地震の揺れだと知った。マグニチュード七の大きな地震だったらしい。ベッツィ達もインターネットですぐにそのニュースを知り、家族や友達に自分達の無事を伝えた。問い合わせメールも来ていたそうだ。世界中情報は瞬時に伝わる時代だと感じ入る。

「グッドモーニング」と台所を覗いてみると子供達はシリアルにイチゴ、ソーセージを食べている。ソーセージはヒューゴの要望により、包丁を入れ茹でて「タコの八ちゃん」型にしてある。京都に滞在中ベッツィとヒューゴは料理教室に参加したそうだ。「お弁当」を作ったとか、「ベントウ」も今や世界語である。写真を見せてくれたが、細々とデザインされたおかず、その中にはチクワの中心にキュウリを詰めたもの（宇部産チクワの定番）もあった。お握りには海苔で顔が描いてあった。「キャラベン」なるものか。そんな経験から我が家のソーセージも日本化されて子供達の朝食になっていた。大人はトーストしたパンとコーヒー、ブライアンはスクランブル・

エッグを食べていた。

私達も我がキッチンでいつもの朝食を新聞やテレビを見ながらゆっくりと取る。エネルギーを充填して英語脳に切り替え、今日のプラン、常盤公園行きを誘いに六畳に顔を出す。テーブルに座った子供達は待ってましたとばかりに、私に折り鶴を教えてくれ、日本語で書いた数字を見てくれ、と言う。彼等は前日広島に行き沢山の折り鶴を見てきたのだ。その前の日には和紙ストアに行き、折り紙と日英両語で書かれた折り紙の本を手に入れたのだという。机に座って鶴の折り方を教える。私は長いこと折り鶴もしていなかったが、手はひとりでに動いて鶴の折り方を教えることができた。七歳のヒューゴにはなかなか難しいと思うが、興味津々で、彼は滞在中折り紙で家や花や蛙を折って私達にプレゼントしたものだ。一方、ヘンリーの関心は日本語である。一から十までとゼロを書いたもの見せる。もちろん金釘流であるが、すばらしいと褒める。私はお習字のまねごとだが、日本字らしく見せるために、筆ペンを持ってきて書いてみせた。ついでに漢字の紹介をしよう。四人の名前の音を漢字で表す。ヒューゴは「飛勇号」ヘンリーは「返理」ブライアンは「武頼庵」メリイ（ベッツィの正式名）は「芽梨井」と書いてみせる。そしてその漢字の意味を訳す。筆ペンながら漢字らしい筆跡で書いてあげると大変喜んでいた。筆ペンをプレゼントする。

天気も大変よい日、「常盤公園に行きましょう。途中、セブン−イレブンで好きなお弁当を買って、公園でランチしましょう。野外彫刻や植物園、動物園があります。遊園地では大きな観覧車やいろいろな乗り物で子供達は遊べますよ」と誘う。京都では神社仏閣観光で子供達は退屈しただろうと思ったのだ。宇部では子供も楽しめる常盤公園、というわけだ。コンビニエンスストアはアメリカ発祥だが、日本のコンビニがいかに便利に発展したか、も解説する。あらゆる日用品の販売はもとよりお金の振込に引き出し、和洋のお弁当に飲み物、下着、なんでもあること、日本人はシステムを便利に細やかに発展させる才に優れていることなどを話した。

家から公園まで歩いて二十五分、セブン−イレブンで彼等はサンドイッチとお握り、スナック菓子、コーヒー牛乳にお茶を買っていた。公園に着くと池を見晴らす芝生の上の大きな木陰でランチをした。子供達は食べたり走り回ったり遊具で遊んだり、野外彫刻にふれたりしながら春の陽を楽しんでいるようだ。濃い色の桜も咲いている。お握りの海苔の巻き方、宇部野外彫刻展のこと、また私達の若い頃のことなどを話した。ベッツィは、その頃は大学教育を受ける女性は十何パーセントと少なかったと言う私の話に頷いていた。すばらしい光の下、お互いに写真を撮り合った。遊園地や動物園での遊びは彼等に任せ、タダシと私は先に家に帰ることにした。私は夕食の準備やその後の日英混合の会話のためのエネルギー温存に一人の時間が必要だったのだ。三時半頃家に帰ると、ちょっと横になって寝た。

今日はにぎり寿司を頼んでいる。すまし汁と野菜の煮しめを作ろう。昆布を水に浸けてすまし汁の用意。昨日好評だった筍と人参やジャガイモ、糸こんにゃくで煮しめを作る。糸こんにゃくは、先頃テレビで見て知ったのだが、今欧米で流行の食材なのだ。イタリアでは非常にカロリーの少ないパスタとして使われているとか。五時ににぎり寿司五人前が大きな桶に盛り合わされてきた。

ベッツィ達は五時半頃帰宅した。リニューアルした動物園では英語の解説を聴きながら見たと言う。野外彫刻を見たり触ったり、池のペリカンや鯉に餌をやったり、遊園地で乗り物に乗ったり、子供達はとても喜んでいたそうだ。

夕食は六時半、それまで子供達は遊びの後はお勉強といわれ、廊下の椅子でペーパーをさせられている。私はベッツィに出汁の取り方を見せる。沸騰直前に浸けておいた昆布を取り出し、削り鰹一袋を全部入れる。一煮立ちして濾せば出汁の出来上がり。具に乾燥ワカメを少々、塩と醤油で味をつける。薬味にミツバ、シソ、ミョウガを出す。ベッツィはシソが大好きだそうで、アメリカでもスシにそのハーブが使ってあるとずっと美味しいという。私は、ミツバは香り、ミョウガは歯触りのよさで薬味となると紹介する。結局その日のすまし汁の薬味はその三種を取り混ぜたものになった。

テーブル中央に大きな寿司の桶と煮しめ、銘々皿とすまし汁と箸を置けば日本のディナーである。タダシに大人用に白ワインを開けてもらう。ベッツィは子供のグラスにはさっとミルクを入れていた。寿司にミルクとは、と信じられない組み合わせだが、彼等のやり方なのであろう。ブライアンは豪華な寿司桶の写真を撮るのに余念がない。みんなで好きなものから取って食べた。ベッツィはお魚が新しい、盛りつけがすばらしい、なんと贅沢な、と賛辞を惜しまない。子供のヒューゴが真っ先にウニを美味しそうに食べていたのは驚きだった。ベッツィと私が後片付けをする間ヘンリーはしばらくぐずぐずしていたが、結局ベッツィに頼んで果物籠からリンゴとバナナをもらい食べた。馴染みの味でお口直しをして食欲を満足させたのだろう、子供らしくて可笑しい。

ベッツィがニュージーランドのお土産として蜂蜜をくれたので、お返しとして焼き海苔のパックと「おやつ昆布」をあげた。軽くて荷にならないお土産だと思ったのだ。私のお気に入りの焼き海苔は味付けや添加物なしで海苔自体の風味がよい。ヒューゴにとって海苔は京都のお弁当講座ですでになじんだものだが、試食させた我が家の海苔がすっかり気に入り、一枚をぱりぱりと即座に食べてしまった。昆布やスルメという日本のスナックも気に入ったようだ。

今日は味覚の日本文化を発信、それぞれの反応がおもしろい。

7　我が家で楽しむ日本文化と別れ

夜中一時半頃大きな揺れを感じた。ベッドから飛び起きて隣の部屋のタダシを窺うが目覚めた様子はない。揺れはそれきりのようで再び眠りに落ちた。朝のニュースで二度目の熊本地震発生とその惨状を知った。朝食の前、ブライアンがケータイ電話を手にやってきた。地震警報を知らせるメールだった。日本語で書いてあるのでわからないと言う。彼等の地カリフォルニアも地震地帯で地震警報を受け取れる設定にしてあるらしい。この辺りでは被害はない。彼等は今日宇部を離れるが、九州方面ではなく京都に帰るので少し安堵する。しかし九州新幹線は余波で博多でもダイヤの乱れがある。新山口発の新幹線の時刻や運行に多少の影響があるかもしれないと話す。

さて今日帰る京都の宿は町家だという。その後東京での宿泊は新宿でアパートを借り六泊するという。一家四人での宿泊をこのような形でできるわけを昨晩ベッツィ夫婦から聞いた。Airbnbという予約サイトである。ネットでベッド&ブレックファーストの宿泊場所を予約する。彼等はこのシステムを使って先々の滞在場所を予約し旅行してきた。ブライアンが初日にWiFi

でパソコンを繋いだわけである。今日は午後一時四十五分新山口発の列車を予約したと言う。余裕をみて十二時四十分にタクシーに来てもらうよう電話する。荷造りや昼食の時間を除けば二時間ばかりの文化交流となろう。義母が遺した我が家の一番ジャパニーズな空間、お茶室で簡単なティーセレモニーを楽しもうと提案する。

今日も晴天である。お茶室の板戸を開け、障子越しの朝の光を入れる。庭の花を二輪竹筒に生ける。八畳の廊下から草履で踏み石を伝って蹲いに至り、手を洗い、躙り口からにじって入ってもらう。私は「モトコ流超簡素化した茶道」として茶室で抹茶を点てた。茶釜の代わりにどっしりと大きいポットから湯を注ぎ、茶碗

茶室の４人

を温めて茶筅通しをし、帛紗をさばいて茶杓を清め、お棗から茶を入れ、湯を注いで茶筅でふっくらとしたお茶を点てた。四人は私の指図によく従い四畳半の畳に膝を折って座り、懐紙にお菓子（桜餅）を取って食べ、銘々に入れた茶碗から抹茶を飲んだ。茶室の低い天井のもと淡い光の空間で畳に座しての身近なコミュニケーションは親しさを増す。

初めての夕食の折、ベッツィは子供達が食事中手を汚すと何か拭くものがないかと目で探した。私はティッシュペーパーの箱を渡しそれを使ってもらった。その時ベッツィは日本には食事時にナプキンを使うという作法はないのか、と問う。洋食ではたっぷりとした布製のナプキンが必ずついている。和食ではどうだろうか。現代の和食レストランでは濡れ布巾やペーパーナプキンが付いていることは多いが、家庭でナプキンを使うだろうか。ティッシュのなかった昔、どうしていたのか。思いついたのが懐紙である。懐に入れて持ち歩いていた紙片。お箸の国の食文化では食器を口元まで持ってくることが多いから、手が汚れたり食べ物が胸元や膝に付いたりすることも少なかったので、食事時の大きなナプキンは必要なかったのだろう。懐紙という日本の小さな和紙ナプキンは、こうして茶室ではお菓子を取ったり茶碗の縁を拭く時に使われる、と話す。

彼等の仕事や生活について聞いてみる。ベッツィは金融業に就いて外で働いていたそうだ。ブライアンは在宅で仕事をし（パソコンで教育プログラムの制作をし）、子供達は二歳まで乳母を雇い面倒を見てもらっていたという。二歳以上になると種々の養育プログラムや養育機関があるのでそこに行かせていたそうだ。家で乳母を雇うのはやはり高額の出費がかかるのだそうだ。ベッツィにとって、今こうして仕事から離れ子供と過ごす日々は、楽しい面と大変だと感じる面の二面があるという。躾も教育も日々直接自分でしなくてはならないのは大変だ、しかし直に子供の成長や喜びを共有できることは素晴らしいと思う、と言う。七ヶ月の休暇を過ごしお金が尽きたらまた働き、またお金を貯めて旅に出たいそうだ。私はそんな生活スタイルを持つ家族に我が家で会おうとは思ってもみなかった。ここ二十年の自分の生活圏の全く外にある人達だ。インターネットによる通信と交通手段の発展が、いかに地球上の人々を直に繋げるようになったか実感した。

茶室での話はつきなかったが、時は進む。昨日、公園に行く途上にある「三久ラーメン」には興味をそそられたらしい。「ラーメン」も今や世界語であるが、行くには時間がない。ベッツィは私のパンを気に入って昼の軽食はそれで充分といい、手早くピザパンを作り昼食を済ませた。

十二時半には玄関前でお互いに有り難うとお別れを言う。タダシももちろん参加の別れの場だ。

前日何かの話でハグの話題になった。日本ではお互いに抱き合うという習慣はないと話していた。タダシはみんなと握手を交わし、私はアメリカ式にそっとハグをして、また是非来てねと言った。ヒューゴは私の腰回りに抱きついて強いハグをするので、この子はまたきっと来てくれるのではないかと感じるほどだった。彼はタダシのもとにも行き彼ともハグをした。が、長くはできなかった。母親がハグに慣れないタダシを気遣って慌ててストップさせたのである。私は「大丈夫、大丈夫」とベッツィがヒューゴを引きはがすのを止めるのだった。タクシーが来て家の入り口までバックで入り、彼等の荷物を積み、最後に彼等四人を乗せると緩やかに私道を出て行き、道路に曲がるとすぐに去って行った。モトコの「ホームステイさせる」プロジェクトも終わった。

夜十時過ぎにメールが入った。新幹線は何のトラブルも遅れもなく京都に着いたという。

「私達は貴女とタダシの美しい家ですばらしい時間を過ごしました。お宅に伺った瞬間から滞在中ずっと、とてもリラックスして心地よく感じました。貴女が私達にして下さった何もかもとても有り難く感謝しています。お話も楽しかった。貴女の英語はエクセレントです。お時間をさいてお話し下さり、日本の習慣や伝統を見せて下さり、私の質問に答えて下さり、本当にありがとうございました。今私達がいなくなって、日本語だけで話したり考えたりできるのできっとハッピーだと思います。貴女とタダシにお会いできて本当によかった、素敵な出会いです。私達は宇部に行ったことをいつまでも忘れません。またお会いできますよう、さようなら。ベッツィ」

「こちらこそ宇部まで来て下さってありがとうございました。お若い命にふれて私達も若返りました。また会う日まで、さようなら。モトコ」と私は短い返信メールを送り眠りについた。夢はタダシを連れて彼等に会いに行くことだが、それは夢のまた夢、また会うことはないだろう。

あとがき

アンが心配したとおりその後我が家には色々なことが起こった。アン達が来たその年の八月に義母が九十八歳で亡くなった。療養病院での最期であった。タダシは着替えを持って足繁く病院に通っていたが、子の役目も終わり、悠々自適の毎日となった。二人で歌唱のレッスンに通いイタリア歌曲に挑戦する日々である。年に一度の発表会には揃って舞台に立つ。その一方で、タダシの物忘れから始まった認知症は少しずつすすみ、二〇一三年の暮れから一四年に二度の迷子事件を起こしてしまった。メガネが合わなくなっていたせいもあるが、またそのようなことが起こるのではないかという不安は拭えない。私の不安に対し、ホームドクターは介護認定を受けるようにとすすめた。そして夫は要介護者となってしまったのだ。義父母を送り、ようやく我々夫婦の老後の時間を満喫しよう、ダーリン夫婦のようにお互いに自立する同居人のカップル、付かず離れずの共同生活を送ろうという期待ははずれ、私は介護者という保護者の役を再びふられてしまった。

夫は日常的な生活で介助がいるわけではない。短期健忘、方向感覚の狂いが少々あるのだが、それは八十歳という歳による老化現象と言えなくもない。昔の記憶に頼って行動し、この激しい変貌の時代背景についていけず、迷ったあげく勘違いが起こってしまう。道に迷ったのもそのような現象と言えるかもしれない。ともかく彼の病気に対応する生活が始まった。要介護なのでデイケアを勧められる。地域に小規模な民家通所施設が開設されたのを機にそこに行くことになった。送り迎え付きで週三回六時間、私は彼から解放される。諸々の用事や自分の趣味、友達付き合いにあてることができる。彼はとても素直にデイケアを受けている。息子位の年齢の所長が手作りされる昼食が美味しいと言う。彼の素直さと有り難い制度に感謝である。私も七十三歳になり相応の老化現象に心折れる日もあるが、好奇心の方が上回る気がする。「認知症とは」「老化とは」「この世の終え方」、経験したことのない長寿時代に興味は尽きない。一番の憂いは彼を一人置いて長時間家を空けることが出来ない生活となったことである。

そんな折アンの友達マーサ・アン（タコマで知り合った人）の娘ベッツィさん一家が日本旅行

で我が家にホームステイをした。我々にとっては居ながらにしてひととき異文化に直接ふれるよい機会であった。その顚末を書いたのが「ウベの休日」である。お互いに交わしたメールばかりでなく、彼等の旅ブログという現代の旅日記の閲覧を通じて彼等と世界を知り、若い世代につながっている気がする。ベッツィ一家との出会いを機にマーサ・アンも我が家に来たいと言っている。我が家にホームステイしてもらえば七十代の私達の交流は、「老女の休日」としてまた一つ物語になるかもしれない。

これからは草の根レベルでの文化交流、異文化共生の時代になると思われる。交通網、通信網の発達で人と人は直接繋がっている。ホームステイという文化交流を夫も巻き込んで受け入れ、超高齢化社会における明るい在宅介護の一つの形を作っていけたらなーと思っている。

各文は「やさしい文章教室」に二〇一二年から折々に書いたエッセイである。実は英語も介護も大いなるストレスであるが、この文章教室にて文章を書くのは大いなるストレスの発散であった。教室の大野先生と岩田さんをはじめとする会員の方々に感謝申し上げます。日本の女は「書くこと好きDNA」が備わっているのではないか、それは平安の昔、清少納言や紫式部にさかのぼり明らかではないか、などと大げさに思ったりする。人生百年時代、まだまだ英語も介護も捨てられない、終わらない。書いて楽しむ女の人生、益々女子力を発揮できたらと願っている。

本にまとめてはどうかと勧め励まして下さった、声楽家の三隅真実先生、友人の斉木美子さん、ありがとうございました。

著者プロフィール

浅井 素子（あさい もとこ）

1944年山口県生まれ。

津田塾大学英文科卒。

専業主婦40年、パート教師16年。

2003年『タコマの休日』自費出版（武田出版）。

2017年『ニホンの休日』自費出版（武田出版）。

英語版「Holiday in Tacoma」にてNOVAレベルアップコンテスト2005年準優勝
趣味：籐工芸、文章教室、声楽を習うこと

ホームステイの受け入れ「ニホンの休日」
—熟年夫婦のおもてなし日記—

2024年10月15日　初版第1刷発行

著　者　浅井 素子
発行者　瓜谷 綱延
発行所　株式会社文芸社
〒160-0022　東京都新宿区新宿1－10－1
電話　03-5369-3060（代表）
03-5369-2299（販売）

印刷所　株式会社平河工業社

ISBN978-4-286-25776-1